变形记

LA METAMORFOSIS

[奥]卡夫卡 著
[西]安东尼奥·圣托斯 绘
李文俊 译

中国经济出版社
CHINA ECONOMIC PUBLISHING HOUSE
·北京·

图书在版编目（CIP）数据

变形记／（奥）卡夫卡著；（西）安东尼奥·圣托斯绘；李文俊译．--北京：中国经济出版社，2024.3
（银河少年奇幻名著金奖美绘系列）
ISBN 978-7-5136-7622-9

Ⅰ.①变… Ⅱ.①卡… ②安… ③李… Ⅲ.①儿童故事-图画故事-西班牙-现代 Ⅳ.①I551.85

中国国家版本馆 CIP 数据核字（2024）第 015960 号

Originally published in by Nordica Libros SL (www.nordicalibros.com).
La metamorfosis, by Franz Kafka
© illustrations Antonio Santos
The simplified Chinese transaltion rights arranged through Rightol Media（本书插画中文简体版权经由锐拓旗下小锐取得 Email：copyright@rightol.com） and Oh! Books Literary Agency（Email：info@ohbooks.es）

责任编辑　陶栎宇
责任印制　马小宾
封面设计　平　平

出版发行　中国经济出版社
印 刷 者　北京艾普海德印刷有限公司
经 销 者　各地新华书店
开　　本　787mm×1092mm　1/16
印　　张　6
字　　数　46 千字
版　　次　2024 年 3 月第 1 版
印　　次　2024 年 3 月第 1 次
定　　价　49.80 元
广告经营许可证　京西工商广字第 8179 号

中国经济出版社　**网址** www.economyph.com　**社址** 北京市东城区安定门外大街 58 号　**邮编** 100011
本版图书如存在印装质量问题，请与本社销售中心联系调换（联系电话：010-57512564）

推荐序

幻海泛起智慧之光

王晋康

在地球的每个角落，都不乏喜爱科幻、奇幻文学的读者，尤其是青少年读者。对于这类作品的喜爱，或许源于人们仰望星空或纵览山川湖海时产生的对世间万物的向往与好奇，那神秘的未知世界，无时不激发着人类浪漫的想象力或理性的求知欲。回溯以往，仰视漫天璀璨星斗，是否点亮了初民对世界最初的思考？毕竟，智慧往往诞生于人类向外观察宇宙、向内审视自身的刹那间。

而现代人从外太空观察地球又是怎样的感受呢？ 2022 年 10 月，意大利女航天员萨曼莎·克里斯托福雷蒂从国际空间站遥望地球时，引用中国古代书法家王羲之《兰亭集序》中的名句“仰观宇宙之大，俯察品类之盛，所以游目骋怀，足以极视听之娱，信可乐也”，引发了全球网友的热议，人们惊叹距今 1600 余年的先贤那超越时空的眼界与胸怀，也“刷新”了当代人对科学技术和人文学科相结合的认知——科学与文化的发展，如同人类文明的两翼，共同支撑起现代文明的坚实根基。

科技与人文的结合，也是“银河少年科幻 / 奇幻名著金奖美绘”丛书的出版初衷。丛书囊括了科幻小说、动物小说、冒险故事、童话和寓言，内容处处不离一个“幻”字——不论是科幻经典还是奇幻经典，都有着超越时代、常读常新的理性精神与艺术价值。

其中，科幻系列包括“科幻小说之母”玛丽·雪莱和“科幻小说之父”凡尔纳的名作：《科学怪人》《从地球到月球》《海底两万里》。作为科幻文学的开山之作，《科学怪人》以弗兰肯斯坦博士制造巨人为主线探索生命科学，以诗性的语言、充满戏剧张力的矛盾冲突，对科学发展与社会伦理作出振聋发聩的预言。同样是科幻文学的奠基之作，凡尔纳的《从地球到月球》《海底两万里》把视线投向了神秘的太空与深海，畅想了天文学、弹道学、力学、化学、材料学、海洋学、生物学等诸多学科在工业领域的应用。作品深刻影响了“火箭之父”冯·布劳恩、现代航天学和火箭理论奠基人康斯坦丁·齐奥尔科夫斯基、美国天文学家埃德温·哈勃、第一个进入太空的人加加林，也包括刘慈欣与我等科幻作家，虽然其中的一些细节已被时代所超越，但蕴含的开创意义和探索精神，至今熠熠生辉。

奇幻系列则包括情节更加奇特、浪漫的《变形记》《野性的呼唤》《出卖影子的人》《想当国王的人》，作者分别是文学大师卡夫卡、杰克·伦敦、沙米索和诺贝尔文学奖得主吉卜林。这些作品倾向于人文精神的启蒙，以讲述人与人的关系、人与世界的关系、人与自身的关系、人与梦想的博弈的四个寓言，对人性发出了终极的考问。

好故事离不开优秀的译本，精彩的插画则会为读者带来身临其境的感受。相信这套集“名著、名译、名绘”于一体的丛书的出版，会为青少年读者带来充满艺术气息、人文理想气息和经典气息的不同凡响的阅读体验，也希望每一代孩子都在科学熏陶和人文情怀下获得茁壮的成长！

目 录

CONTENTS

一

格里高尔变甲虫

一天早晨，格里高尔·萨姆沙从不安的睡梦中醒来，发现自己躺在床上变成了一只巨大的甲虫。他仰卧着，那坚硬得像铁甲一般的背贴着床，他稍稍抬了抬头，便看见自己那穹（qióng）顶似的棕色肚子分成了好多块弧形的硬片，被子几乎盖不住肚子尖，都快滑下来了。比起偌（ruò）大的身躯来，他那许多条腿真是细得可怜，都在他眼前无可奈何地舞动着。

“我出了什么事啦？”他想。这可不是梦。他的房间，虽是略显小了些，的确是普普通通人住的房间，仍然安静地躺在四堵熟悉的墙壁当中。在摊放着打开的衣料样品——格里高尔是个旅行推销员——的桌子上面，还是挂着那幅画，这是他最近从一本画报上剪下来装在漂亮的金色镜框里的。画的是一位戴皮帽子、围皮围巾的贵妇人，她挺直身子坐着，把一只套没了整个前臂的厚重的皮手筒递给看画的人。

格里高尔的眼睛接着又朝窗口望去，天空很阴暗，可以听到雨点敲打在窗棂上的声音，他的心情也变得忧郁了。“要是再睡一会儿，把这一切晦（huì）气事统统忘掉那该多好。”他想。但是完全办不到，平时他习惯于向右边睡，可是在目前的情况下，再也不能采取那样的姿态了。无论怎样用力向右转，他仍旧滚了回来，肚子朝天。他试了至少一百次，还闭上眼睛免得看到那些拼命挣扎的腿，到后来他的腰部感到一种从未体味过的隐痛，才不得不罢休。

“啊，天哪，”他想，“我怎么单单挑上这么一个累人的差使呢！长年累月到处奔波，比坐办公室辛苦多了。再加上还有经常出门的烦恼，担心各次火车的倒换，不定时而且低劣的饮食，而萍水相逢的人也总是些泛泛之交，不可能有深厚的交情，永远不会变成知己朋友。让这一切都见鬼去吧！”他觉得肚子上有点儿痒，就慢慢地挪动身子，靠近床头，好让自己头抬起来更容易些；他看清了发痒的地方，那儿布满着白色的小斑点，他不明白这是怎么回事，想用一条腿去搔（sāo）一搔，可是马上又缩了回来，因为这一碰使他浑身起了一阵寒战。

他又滑下来恢复到原来的姿势。“起床这么早，”他想，“会使人变傻的。人是需要睡觉的。别的推销员生活得像贵妇人。比如，我有一天上午赶回旅馆登记取回订货单时，别的人才坐下来吃早餐。我若是跟我的老板也来这一手，准定当场就被开除。也许开除了倒更好一些，谁说得准呢？如果不是为了父母亲而总是谨小慎微，我早就辞职不干了，我早就会跑到老板面前，把肚子里的气出个痛快。那个家伙准会从写字桌上面直蹦起来！他的工作方式也真奇怪，总是那样居高临下坐在桌子上面对职员发号施令，再加上他的耳朵又偏偏重听，大家不得不走到他跟前去。但是事情也未必毫无转机：只要等我攒够了钱还清了父母欠他的债——也许还得五六年——可是我一定能做到。到那时我就会时来运转了。不过眼下我还是起床为妙，因为火车五点钟就要开了。”

他看了看柜子上嘀嘀嗒嗒响着的闹钟。“天哪！”他想到。已经六点半了，而时针还在悠悠然向前移动，连六点半也过了，马上就要七点差一刻了。闹钟难道没有响过吗？从床上可以看到闹钟明明是拨

到四点钟的，显然它已经响过了。是的，不过在那震耳欲聋的响声里，难道真的能安宁地睡着吗？嗯，他睡得并不安宁，可是却正说明他还是睡得不坏。那么他现在该干什么呢？下一班车七点钟开，要搭这一班车他得发疯似的赶才行，可是他的样品都还没有包好，他也觉得自己的精神不甚佳。而且即使他赶上这班车，还是逃不过上司的一顿申斥，因为公司的听差一定是在等候五点钟那班火车，这时早已回去报告他没有赶上了。那听差是老板的心腹，既无骨气又愚蠢不堪。那么，说自己病了行不行呢？不过这将是最不愉快的事，而且也显得很可疑，因为他服务五年以来没有害过一次病。老板一定会亲自带了医药顾问一起来，一定会责怪他的父母怎么养出这样懒惰的儿子，他还会引证医药顾问的话，粗暴地把所有的理由都驳掉，在那个大夫看来，世界上除了健康之至的假病号，再也没有第二种人了。再说今天这种情况，大夫的话是不是真的不对呢？格里高尔觉得身体挺不错，除了有些困乏，这在如此长久的一次睡眠以后实在有些多余，另外，他甚至觉得特别饿。

这一切都飞快地在他脑子里闪过，他还是没有下决心起床——闹钟敲六点三刻了。这时，他床头后面的门上传来了轻轻的一下叩门声。“格里高尔，”一个声音说——这是他母亲的声音——“已经七点差一刻了。你不是还要赶火车吗？”好温和的声音！格里高尔听到自己的回答声时却不免大吃一惊。没错，这分明是他自己的声音，可是却有另一种可怕的叽叽喳喳的尖叫声同时发了出来，仿佛是伴音似的，使他的话只有最初几个字才是清清楚楚的，接着马上就受到了干扰，弄得意义含混，使人家说不上到底听清楚没有。格里高尔本想回答得详细些，好把一切解释清楚，可是在这样的情形下他只得简单地说：“是的，是的，谢谢你，妈妈，我这会儿正在起床呢。”隔着木门，外面一定听不到格里高尔声音的变化，因为他母亲听到这些话也满意了，就拖着步子走了开去。然而这场简短的对话使家里人都知道格里高尔还在屋子里，这是出乎他们意料之外的，于是在侧边的一扇门上立刻就响起了他父亲的叩门声，很轻，不过用的却是拳头。“格里高尔，格里高尔，”他喊道，“你怎么啦？”过了一小会儿他又用更低沉的声音催促道：“格里高尔！格里高尔！”在另一侧的门上他的妹妹也用轻轻的、悲哀的声音问：“格里高尔，你不舒服吗？要不要什么东西？”他同时回答了他们两个人：“我马上就好了。”他把声音发得更清晰，说完一个字过一会儿才说另一个字，竭力使他的声音显得正常。于是他父亲走回去吃他的早饭了，他妹妹却低声地说：“格里高尔，开开门吧，求求你。”可是他并不想开门，所以暗自庆幸自己由于时常旅行，养成了晚上锁住所有门的习惯，即使回到家里也是这样。

首先他要静悄悄地不受打扰地起床，穿好衣服，最要紧的是吃饱早饭，再考虑下一步该怎么办，因为他非常明白，躺在床上瞎想一气是想不出什么名堂来的。他还记得过去也许是因为睡觉姿势不好，躺在床上时往往会觉得这儿那儿隐隐作痛，及至起来，就知道纯属心理作用，所以他殷切地盼望今天早晨的幻觉会逐渐消逝。他也深信，他之所以变声音不是因为别的而仅仅是重感冒的征兆，这是旅行推销员的职业病。

要掀掉被子很容易，他只需把身子稍稍一抬，被子就自己滑下来了。可是下一个动作就非常之困难，特别是因为他的身子宽得出奇。他得要有手和胳臂（bei）才能让自己坐起来；可是他有的只是无数细小的腿，它们一刻不停地向四面八方挥动，而他自己却完全无法控制。他想屈起其中的一条腿，可是它偏偏伸得笔直；等他终于让它听从自己的指挥时，所有别的腿却莫名其妙地乱动不已。“总是待在床上有什么意

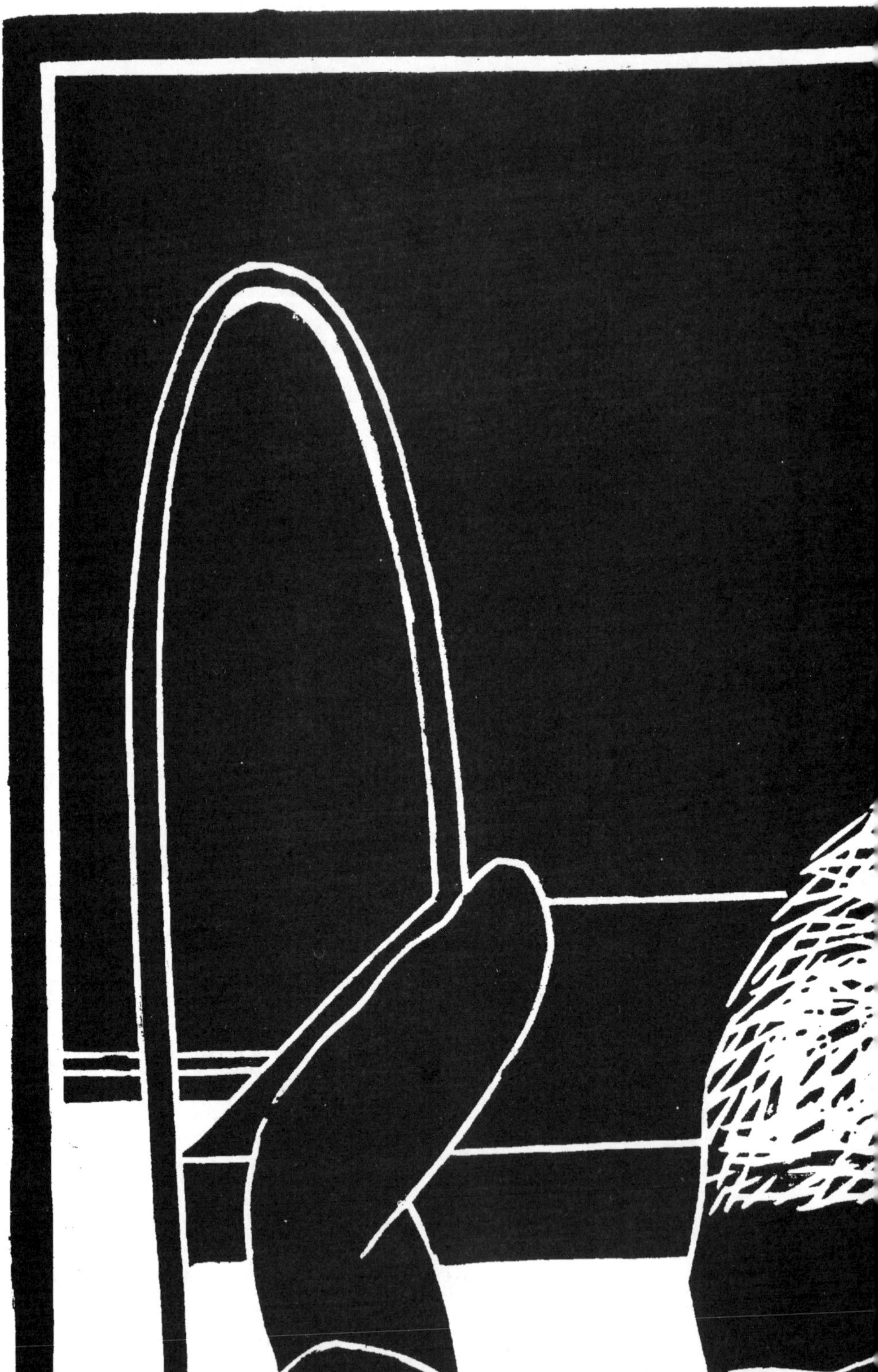

思呢？”格里高尔自言自语地说。

他想，下身先下去一定可以使自己离床，可是他还没有见过自己的下身，脑子里根本没有概念，不知道要移动下身真是难上加难，挪动起来是那样的迟缓；所以到最后，他烦死了，就用尽全力鲁莽地把身子一甩，不料方向算错，重重地撞在床脚上，一阵彻骨的痛楚使他明白，如今他身上最敏感的地方也许正是他的下身。

于是他就打算先让上身离床，他小心翼翼地把头部一点点挪向床沿。这却毫不困难，他的身躯虽然又宽又大，也终于跟着头部移动了。可是，等到头部终于悬在床边上，他又害怕起来，不敢再前进了，因为，老实说，如果他就这样让自己掉下去，不摔坏脑袋才怪呢。他现在最要紧的是保持清醒，特别是现在，他宁愿继续待在床上。

可是重复了几遍同样的努力以后，他深深地叹了一口气，还是恢复了原来的姿势躺着，一面瞧他那些细腿在难以置信地更疯狂地挣扎；格里高尔不知道如何才能摆脱这种荒唐的混乱处境，他就再一次告诉自己，待在床上是不行的，最合理的做法还是冒一切危险来实现离床这个极渺（miǎo）茫的希望。可是同时他也没有忘记提醒自己，冷静地、极其冷静地考虑到最微小的可能性还是比不顾一切地蛮干强得多。这时，他竭力集中眼光望向窗外，可是不幸得很，早晨的浓雾把狭街对面的房子也都裹上了，看来天气一时不会好转，这就使他更加得不到鼓励和安慰。“已经七点钟了，”闹钟再度敲响时，他对自己说，“已经七点钟了，可是雾还这么重。”有片刻工夫，他静静地躺着，轻轻地呼吸着，仿佛这样一养神什么都会恢复正常似的。

可是接着他又对自己说：“七点一刻前我非得离开床不可。到那时一定会有人从公司里来找我，因为不到七点公司就开门了。”于是他开始有节奏地来回晃动自己的整个身子，想把自己甩出床去。倘若他这样翻下床去，可以昂起脑袋，头部不至于受伤。他的背似乎很硬，看来跌在地毯上并不打紧。他最担心的还是自己控制不了的巨大响声，这声音一定会在所有的房间里引起焦虑，即使不是恐惧。可是，他还是得冒这个险。

当他已经半个身子探到床外的时候——这个新方法与其说是苦事，不如说是游戏，因为他只需来回晃动，逐渐挪过去就行了——他忽然想起如果有人帮忙，这件事该是多么简单。两个身强力壮的人——他想到了他的父亲和那个使女——就足够了；他们只需把胳臂伸到他那圆鼓鼓的背后，抬他下床，放下他们的负担，然后耐心地等他在地板上翻过身来就行了，一碰到地板他的腿自然会发挥作用的。那么，姑且不管所有的门都是锁着的，他是否真的应该叫人帮忙呢？尽管处境非常困难，想到这一层，他却禁不住透出一丝微笑。

他使劲地摇动着，身子已经探出不少，快要失去平衡了，他非得鼓足勇气采取决定性的步骤了，因为再过五分钟就是七点一刻——正在这时，前门的门铃响了起来。“是公司里派什么人来了。”他这么想，身子就随之而发僵，可是那些细小的腿却动弹得更快了。一时之间周围一片静默。“他们不愿开门。”格里高尔怀着不合常情的希望自言自语道。可是使女当然还是跟往常一样踏着沉重的步子去开门了。格里高尔听到客人的第一声招呼就马上知道这是谁——是秘书主任亲自出马了。真不知自己生就什么命，竟落到给这样一家公司当差，只要有一点小小的差错，马上就会招来最大的怀疑！在这一个所有的职员全是无赖的公司里，岂不是只有他一个人忠心耿（gěng）耿吗？他早晨只占用公司两三个小时，不是就给良心折磨得几乎要发疯，真的下不了床吗？如果确有必要来打听他出了什么事，派个学徒来不也够了吗——难道秘书主任非得亲自出马，以便向全家人，完全无辜的一家人表示，这个可疑的情况只有他那样的内行来调查才行吗？与其说格里高尔下了决心，倒不如说他因为想到这些事非常激动，因而用尽全力把自己甩出了床外。“砰”的一声，很响，但总算没有响得吓人。地毯把他坠落的声音减弱了几分，他的背也不如他所想象的那么毫无弹性，所以声音很闷，不惊动人。只是他不够小心，头翘得不够高，还是在地板上撞了一下；他扭了扭脑袋，痛苦而愤懑（mèn）地把头挨在地板上磨蹭着。

“那里有什么东西掉下来了。”秘书主任在左面房间里说。格里高尔试图设想，今天他身上发生的事有一天也让秘书主任碰上了；谁也不敢担保不会出这样的事。可是仿佛给他的设想一个粗暴的回答似的，秘书主任在隔壁的房间里坚定地走了几步，他那漆皮鞋子发出了嘎（gā）吱嘎吱的声音。从右面的房间里，他妹妹用耳语向他通报消息：“格里高尔，秘书主任来了。”“我知道了。”格里高尔低声嘟哝（nong）道，但是没有勇气提高嗓门儿让妹妹听到他的声音。

“格里高尔，”这时候，父亲在左边房间里说话了，“秘书主任来了，他要知道为什么你没能赶上早晨的火车。我们也不知道怎么跟他说。另外，他还要亲自和你谈话。所以，请你开门吧。他度量大，对你房间里的凌乱不会见怪的。”“早上好，萨姆沙先生。”与此同时，秘书主任和蔼（ǎi）地招呼道。“他不舒服呢。”这时他父亲继续隔着门在说话，母亲对客人说，“他不舒服，先生，相信我吧。他还能为了什么原因误车呢！这孩子只知道操心公事。他晚上从来不出去，连我瞧着都要生气了；这几天来他没有出差，可他天天晚上都守在家里。他只是安安静静地坐在桌子旁边，看看报，或是把火车时刻表翻来覆去地看。他唯一的消遣就是做木工活儿。比如说，他花了两三个晚上刻了一个小镜框；您看到它那么漂亮一定会感到惊奇；这镜框挂在他

房间里；再过一分钟等格里高尔打开门您就会看到了。您的光临真叫我高兴，先生；我们怎么也没法使他开门；他真是固执；我敢说他一定是病了，虽然他早晨硬说没病。”“我马上来了，”格里高尔慢吞吞地小心翼翼地说，可是却寸步也没有移动，生怕漏过他们谈话中的每一个字。“我也想不出有什么别的原因，太太，”秘书主任说，“我希望不是什么大病。虽然另一方面我不得不说，不知该算福气还是晦气，我们这些做买卖的往往就得不把这些小毛病当作一回事，因为买卖嘛总是要做的。”——“喂，秘书主任现在能进来了吗？”格里高尔的父亲不耐烦地问，又敲起门来了。“不行。”格里高尔回答。这声拒绝以后，在左面房间里是一阵令人痛苦的寂静；右面房间里他妹妹啜（chuò）泣起来了。

他妹妹为什么不和别的人在一起呢？她也许是刚刚起床，还没有穿衣服吧。那么，她为什么哭呢？是因为他不起床让秘书主任进来吗？是因为他有丢掉差使的危险吗？是因为老板又要开口向他的父母讨还旧债吗？这些显然都是眼前不用担心的事情。格里高尔仍旧在家里，丝毫没有弃家出走的念头。的确，他现在暂时还躺在地毯上，知道他的处境的人当然不会盼望他让秘书主任走进来。可是这点小小的失礼以后尽可以用几句漂亮的辞令解释过去，格里高尔不见得马上就被辞退。格里高尔觉得，就目前来说，他们与其对他抹鼻子流泪苦苦哀求，还不如别打扰他的好。可是，当然啦，他们的不明情况使他们大惑不解，也说明了他们为什么有这样的举动。

“萨姆沙先生，”秘书主任现在提高了嗓门儿说，“您这是怎么回事？您这样把自己关在房间里，光是回答‘是’和‘不是’，毫无必要地引起您父母极大的忧虑，又极严重地疏忽了——这我只不过顺便提一句——疏忽了公事方面的职责。我现在以您父母和您经理的名义和您说话，我正式要求您立刻给我一个明确的解释。我真没想到，我真没想到。我原来还认为您是个安分守己、稳妥可靠的人，可您现在却突然决心想让自己丢丑。经理今天早晨还对我暗示您不露面的原因可能是什么——他提到了最近交给您管的现款——我还几乎要以自己的名誉向他担保这根本不可能呢。可是现在我才知道您真是执拗（niù）得可以，从现在起，我丝毫也不想袒（tǎn）护您了。您在公司里的地位并不是那么稳固的。这些话我本来想私下里对您说的，可是既然您这样白白糟蹋（tà）我的时间，我就不懂为什么您的父母不应该听到这些话了。近来您的工作叫人很不满意；当然，目前买卖并不是旺季，这我们也承认，可是一年里整整一个季度一点儿买卖也不做，这是不行的，萨姆沙先生，这是完全不应该的。”

“可是，先生，”格里高尔喊道，他控制不住了，激动得忘记了一切，“我这会儿正要来开门。一点儿小小的不舒服，一阵头晕使我起不了床。我现在还躺在床上呢。不过我已经好了。我现在正要下床。再等我一两分钟吧！我不像自己所想的那样健康。不过我已经好了，真的。这种小毛病难道就能打垮我不成！我昨天晚上还好好儿的，这一点我父亲母亲也可以告诉您，不，应该说我昨天晚上就感觉到了一些预兆。我的样子想必已经不对劲了。您要问我为什么不向办公室报告！可是人总以为一点点不舒服一定能顶过去，用不着请假在家休息。哦，先生，别伤我父母的心吧！您刚才怪罪于我的事都是没有根据的；从来没有谁这样说过我。也许您还没有看到我最近兜来的订单吧。至少，我还能赶上八点钟的火车呢，休息了这几个钟点我已经好多了。千万不要因为我而把您耽（dān）搁在这儿，先生；我马上就会开始工作的，这有劳您转告经理，在他面前还得请您多替我美言几句呢！”

格里高尔一口气说着，自己也搞不清楚自己说了些什么，也许是

因为有了床上的那些锻炼，格里高尔没费多大气力就来到柜子旁边，打算依靠柜子使自己直立起来。他的确是想开门，的确是想出去和秘书主任谈话的；他很想知道，大家这么坚持以后，看到了他又会说些什么。要是他们都大吃一惊，那么责任就再也不在他身上，他可以得到安静了。如果他们完全不在意，那么他也根本不必不安，只要真的赶紧上车站去搭八点钟的车就行了。起先，他好几次从光滑的柜面上滑下来，可是最后，在一使劲之后，他终于站直了；现在他也不管下身疼得像火烧一般了。接着他让自己靠向附近一张椅子的背部，用他那些细小的腿抓住了椅背的边。这使他得以控制自己的身体。他不再说话，因为这时候他听见秘书主任又开口了。

“你们有哪个字听得懂吗？”秘书主任问，“他不见得在开我们的玩笑吧？”“哦，天哪，”他母亲声泪俱下地喊道，“也许他病害得不轻，倒是我们在折磨他呢。”“葛蕾特！葛蕾特！”接着她嚷道。“什么事，妈妈？”他妹妹打那一边的房间里喊道。她们就这样隔着格里高尔的房间对嚷起来。“你得马上去请医生。格里高尔病了。去请医生，快点儿。你没听见他说话的声音吗？”“这不是人的声音。”秘书主任说，跟母亲的尖叫声一比他的嗓音显得格外低沉。“安娜！安娜！”他父亲一面从客厅向厨房里喊道，一面还拍着手，“马上去找个锁匠来！”于是两个女人奔跑得裙子嗖（sōu）嗖响地穿过了客厅——他妹妹怎能这么快就穿好衣服呢？——接着又猛然打开了前门。没有听见门重新关上的声音；她们显然听任它洞开着，什么人家出了不幸的事情时就总是这样。

格里高尔现在倒镇静多了。显然，他发出来的声音人家再也听不懂了，虽然他自己听来很清楚，甚至比以前更清楚，这也许是因为他的耳朵变得能适应这种声音了。不过至少现在大家相信他有什么地方不太妙，都准备来帮助他了。这些初步措施将带来的积极效果使他感到安慰。他觉得自己又重新进入人类的圈子，对大夫和锁匠都寄予了莫大的希望，却没怎么分清两者之间的区别。为了使自己在即将到来的重要谈话中声音尽可能清晰些，他稍微清了清嗓子，他当然尽量压低声音，因为就连他自己听起来，这声音也不像人的咳嗽。这时候，隔壁房间里一片寂静。也许他的父母正陪秘书主任坐在桌旁，在低声商谈，也许他们都靠在门上谛（dì）听呢。

格里高尔慢慢地把椅子推向门边，接着便放开椅子，抓住了门来支撑自己——他那些细腿的脚底上倒是颇有黏性的——他在门上靠了一会儿，喘过一口气来。接着他开始用嘴巴来转动插在锁孔里的钥匙。不幸的是，他并没有什么牙齿——他得用什么来咬住钥匙呢？——不过他的下颚（è）倒好像非常结实；靠着这下颚总算转动了钥匙，他准是不小心弄伤了什么地方，因为有一股棕色的液体从他嘴里流出来，淌过钥匙，滴到地上。“你们听，”门后的秘书主任说，“他在转动钥匙了。”这对格里高尔是个很大的鼓励；不过他们应该都来给他打气，他的父亲母亲都应该喊：“加油，格里高尔。”他们应该大声喊道：“坚持下去，咬紧钥匙！”他相信他们都在全神贯注地关心自己的努力，就集中全力死命咬住钥匙。钥匙需要转动时，他便用嘴巴衔着它，自己也绕着锁孔转了一圈，好把钥匙扭过去，或者不如说，用全身的重量使它转动。终于屈服的锁发出响亮的咔嗒一声，使格里高尔大为高兴。他深深地舒了一口气，对自己说：“这样一来我就不用锁匠了。”接着就把头搁在门柄上，想把门整个打开。

门是向他自己这边拉的，所以虽然已经打开，人家还是瞧不见他。他得慢慢地从对开的那半扇门后面把身子挪出来，而且得非常小心，以免背脊直挺挺地跌倒在房间里。他正在困难地挪动自己，顾不上作任何观察，却听到秘书主任“哦”的一声大叫——发出来的声音像一股猛风——现在他可以看见那个人了，他站得最靠近门口，一只手遮在张大的嘴上，慢慢地往后退去，仿佛有什么无形的强大压力在驱逐他似的。格里高尔的母亲——虽然秘书主任在场，她的头发仍然没有梳好，还是乱七八糟地竖着——她先是双手合掌瞧瞧他父亲，接着向格里高尔走了两步，随即倒在地上，裙子摊了开来，脸垂到胸前，完全看不见了。他父亲握紧拳头，一副恶狠狠的样子，仿佛要把格里高尔打回到房间里去，接着他又犹豫不定地向起居室扫了一眼，然后用双手遮住眼睛，哭泣起来，连他那宽阔的胸膛都在起伏不定。

格里高尔没有接着往起居室走去，却靠在那半扇关紧的门的后面，所以他只有半个身子露在外面，还侧着探在外面的头去看别人。这时候天更亮了，可以清清楚楚地看到街对面一幢（zhuàng）长得没有尽头的深灰色的建筑——这是一所医院——上面惹眼地开着一排排呆板的窗子；雨还在下，不过已成为一滴滴看得清的大颗粒了。大大小小的早餐盆碟摆了一桌子，对于格里高尔的父亲，早餐是一天里最重要的一顿饭，他边吃边看各式各样的报纸，这样要吃上好几个钟头。在格里高尔正对面的墙上挂着一幅他[1]服兵役时的照片，当时他是少尉，他的手按在剑上，脸上挂着无忧无虑的笑容，分明要人家尊敬他的军人风度和制服。前厅的门开着，大门也开着，可以一直看到住宅前的院子和最下面的几级楼梯。

“好吧，”格里高尔说，他完全明白自己是唯一多少保持着镇静的人，“我立刻穿上衣服，等包好样品就动身，您是否还容许我去呢？您瞧，先生，我并不是冥顽不灵的人，我很愿意工作；出差是很辛苦的，但我不出差就活不下去。您上哪儿去，先生？去办公室？是吗？我这

[1] 原文中，这里的“他”指格里高尔。——编者注

些情形您能如实地反映上去吗？人总有暂时不能胜任工作的时候，不过这时正需要想起他过去的成绩，而且还要想到以后他又恢复了工作能力的时候，他一定会干得更勤恳更用心。我一心想忠诚地为老板做事，这您也很清楚。何况，我还要供养我的父母和妹妹。我现在景况十分困难，不过我会重新挣脱出来的。请您千万不要火上浇油。在公司里请一定帮我说几句好话。旅行推销员在公司里不讨人喜欢，这我知道。大家以为他们赚的是大钱，过的是逍遥自在的日子。这种成见也犯不着去纠正。可是您呢，先生，比公司里所有的人看得都全面，是的，让我私下里告诉您，您比老板本人还全面，他是东家，当然可以凭自己的好恶随便不喜欢哪个职员。您知道得最清楚，旅行推销员几乎长年不在办公室，他们自然很容易成为闲话、怪罪和飞短流长的目标。可他自己却几乎完全不知道，所以防不胜防。直待他精疲力竭地转完一个圈子回到家里，这才亲身体验到连原因都无法找寻的恶果落到了自己身上。先生，先生，您不能不说我一句好话就走啊，请表明您觉得我至少还有几分是对的呀！”

可是格里高尔才说头几个字，秘书主任就已经踉（liàng）跄（qiàng）倒退，只是张着嘴巴，侧过颤抖的肩膀直勾勾地瞪着他。格里高尔说话时，他片刻也没有站定，却偷偷地向门口踅（xué）去，眼睛始终盯紧了格里高尔，只是每次只移动一寸，仿佛存在某项不准离开房间的禁令一般。好不容易退入了前厅，他最后一步跨出起居室时动作好猛，真像是他的脚跟刚给火烧着了。他一到前厅就伸出右手向楼梯跑去，好似那边有什么神秘的救星在等待他。

格里高尔明白，如果要保住他在公司里的职位，不想砸掉饭碗，那就绝不能让秘书主任抱着这样的心情回去。他的父母对这一点不太了然；多年以来，他们已经深信格里高尔在这家公司里要待上一辈子的，再说，他们的心里已经完全放在当前的不幸事件上，根本无法考虑将来的事。可是格里高尔却考虑到了。一定得留住秘书主任，安慰他，劝告他，最后还要说服他；格里高尔和他一家人的前途全系在这上面呢！要是妹妹在场就好了！她很聪明；当格里高尔还安静地仰在床上的时候她就已经哭了。总是那么偏袒女性的秘书主任一定会乖乖地听她的话；她会关上大门，在前厅里把他说得不再惧怕。可是她偏偏不在，格里高尔只得自己来应付当前的局面。他没有想到自己的身体究竟有什么活动能力，也没有想一想他的话人家仍旧很可能听不懂，而且简直根本听不懂，就放开了那扇门，挤过门口，迈步向秘书主任走去，而后者正可笑地用两只手抱住楼梯的栏杆；格里高尔刚要摸索可以支撑的东西，忽然轻轻喊了一声，身子趴了下来，他那许多条腿着了地。还没等全部落地，他的身子已经获得了安稳的感觉，从早晨以来，这还是第一次；他脚底下现在是结结实实的地板了；他高兴地注意到，他的腿完全听从指挥；它们甚至努力地把他朝他心里所想的任何方向带去；他简直要相信，他所有的痛苦解脱的时候终于快来了。可是就在这一刹那，当他摇摇摆摆一心想动弹的时候，离他不远，事实上就躺在他前面地板上的母亲，本来似乎已经完全瘫痪，这时却霍地跳了起来，伸直两臂，张开了所有的手指，喊道："救命啊，老天爷，救命啊！"一面又低下头来，仿佛想把格里高尔看得更清楚些，同时又偏偏身不由己地一直往后退，根本没顾到她后面有张摆满了食物的桌子；她撞上桌子，又糊里糊涂倏（shū）地坐了上去，似乎全然没有注意她旁边那把大咖啡壶已经打翻，咖啡也汩汩地流到了地毯上。

"妈妈，妈妈。"格里高尔低声地说道，抬起头来看着她。这时他已经完全把秘书主任撇在脑后；他的嘴却忍不住咂巴起来，因为他看到了淌出来的咖啡。这使他母亲再一次尖叫起来。她从桌子旁边逃开，

倒在急忙来扶她的父亲的怀抱里。可是格里高尔现在顾不得他的父母；秘书主任已经在走下楼梯了，他的下巴探在栏杆上扭过头来最后回顾了一眼。格里高尔急走几步，想尽可能追上他；可是秘书主任一定是看出了他的意图，因为他往下蹦了几级，随即消失了；可是还在不断地叫嚷："噢！"回声传遍了整个楼梯。

不幸得很，秘书主任的逃走仿佛使一直比较镇定的父亲也慌乱万分，因为他非但自己不去追赶那人，反而阻拦格里高尔去追逐，他右手操起秘书主任连同帽子和大衣一起留在一张椅子上的手杖，左手从桌子上抓起一张大报纸，一面顿脚，一面挥动手杖和报纸，要把格里高尔赶回到房间里去。格里高尔的请求全然无效，事实上别人根本不理解；不管他怎样谦恭地低下头去，他父亲反而把脚顿得更响。另一边，他母亲不顾天气寒冷，打开了一扇窗子，双手掩住脸，尽量把身子往外探。一阵劲风从街上刮到楼梯，窗帘掀了起来，桌上的报纸吹得啪嗒啪嗒乱响，有几张吹落在地板上。格里高尔的父亲无情地把他往后赶，一面嘘嘘叫着，简直像个野人。可是格里高尔还不熟悉怎么往后退，所以走得很慢。如果有机会掉过头，他能很快回到房间的，但是他怕转身的迟缓会使他父亲更加生气，他父亲手中的手杖随时会照准他的背上或头上给以狠狠的一击。到后来，他竟不知怎么办才好，因为他绝望地注意到，倒退着走连方向都掌握不了；因此，他一面始终不安地侧过头瞅着父亲，一面开始掉转身子，他想尽量快些，事实上却非常迟缓。也许父亲发现了他的良好意图，因此并不干涉他，只是在他挪动时远远地用手杖尖拨拨他。只要父亲不再发出那种无法忍受的嘘嘘声就好了。这简直要使格里高尔发狂。他已经完全转过去了，只是因为给嘘声弄得心烦意乱，甚至转得过了头。最后他总算对准了门口，可是他的身体又偏巧宽得过不去。但是在目前精神状态下的父

亲，当然不会想到去打开另外半扇门好让格里高尔得以通过。他父亲脑子里只有一件事，尽快把格里高尔赶回房间。要让格里高尔直立起来，侧身进入房间，就要做许多麻烦的准备，父亲是绝不会答应的。他现在发出的声音更加响亮，他拼命催促格里高尔往前走，好像他前面没有什么障碍似的；格里高尔听到他后面响着的声音不再像是父亲一个人的了；现在更不是闹着玩的了，所以格里高尔不顾一切狠命地向门口挤去。他身子的一边拱了起来，倾斜地卡在门口，腰部挤伤了，在洁白的门上留下了可憎的斑点，不一会儿他就给夹住了，不管怎么挣扎，还是丝毫动弹不得，他一边的腿在空中颤抖地舞动，另一边的腿却在地上给压得十分疼痛。这时，他父亲从后面使劲地推了他一把，实际上这倒是支援，使他一直跌进了房间中央，汩（gǔ）汩地流着血。在他后面，门“砰”的一声用手杖关上了，屋子里终于恢复了寂静。

二

家人们

直到薄暮时分格里高尔才从沉睡中苏醒过来，这与其说是沉睡还不如说是昏厥（jué）。其实再过一会儿他自己也会醒的，因为他觉得睡得很长久，已经睡够了，可是他仍觉得仿佛有一阵疾走的脚步声和轻轻关上通向前厅房门的声音惊醒了他。街上的电灯，在天花板和家具的上半部投下一重淡淡的光晕，可是在低处他躺着的地方，却是一片漆黑。他缓慢而笨拙地试了试他的触角，只是到了这时，他才初次学会运用这个器官，接着便向门口爬去，想知道那儿发生了什么事。他觉得有一条长长的、绷得紧紧的、不舒服的伤疤，他的两排腿事实上只能瘸着走了。而且有一条细小的腿在早晨的事件里受了重伤，现在是毫无用处地曳（yè）在身后——仅仅坏了一条腿，这倒真是个奇迹。

他来到门边，这才发现把他吸引过来的事实上是什么：食物的香味。因为那儿放了一个盆子，盛满了甜牛奶，上面还浮着切碎的白面包。他险些高兴得笑出声来，因为他现在比早晨更加饿了，他立刻把头浸到牛奶里去，几乎把眼睛也浸没了。可是很快又失望地缩了回来。他发现不仅吃东西很困难，因为柔软的左侧受了伤——他要全身抽搐（chù）地配合着才能把食物吃到口中——而且他也不喜欢牛奶了，虽然牛奶一直是他喜爱的饮料，他妹妹准是因此才给他准备的；事实上，他几乎是怀着厌恶的心情把头从盆子边上扭开，爬回到房间中央去的。

他从门缝里看到起居室的煤气灯已经点亮了，在平日，到这时候，他父亲总要大声地把晚报读给母亲听，有时也读给妹妹听，可是现在却没有丝毫声息。也许是父亲新近抛弃大声读报的习惯了吧，他妹妹在谈话和写信中经常提到这件事。可是到处都那么寂静，虽然家里显然不是没有人。“我们这一家子过得多么平静啊。”格里高尔自言自语道，他一动不动地瞪视着黑暗，心里感到很自豪，因为他能够让他的父母和妹妹在这样一套挺好的房间里过着蛮不错的日子。可是如果这一切的平静、舒适与满足都要恐怖地告以结束，那可怎么办呢？为了使自己不致陷入这样的思想，格里高尔活动起来了，他在房间里不断地爬来爬去。

在这个漫长的夜晚，有一次一边的门打开了一道缝，但马上又关上了，后来另一边的门上也发生了这样的事；显然是有人打算进来但是又犹豫不决。格里高尔现在紧紧地伏在起居室的门边，打算劝那个踌躇（chóu chú）的人进来，至少也想知道那人是谁；可是门再也没有开过，他白白地等待着。清晨那会儿，门锁着，他们全都想进来；可是如今他打开了一扇门，另一扇门显然白天也是开着的，却又谁都不进来了，而且连钥匙都插到外面去了。

一直到深夜，起居室的煤气灯才熄灭，格里高尔很容易就推想到，他的父母和妹妹久久清醒地坐在那儿，因为他清晰地听见他们蹑（niè）手蹑脚走开的声音。没有人会来看他了，至少天亮以前是不会了，这是肯定的，因此他有充裕的时间从容不迫地考虑他该怎样安排生活。可是他匍匐在地板上的这间高大空旷的房间使他充满了一种不可言喻的恐惧，虽然这就是他自己住了五年的房间——他自己还不大清楚是怎么回事，就已经不无害臊地急急钻到沙发底下去了，他马上就感到

这儿非常舒服，虽然他的背稍有点儿被压住，他的头也抬不起来。他唯一感到遗憾的是身子太宽，不能整个藏进沙发底下。

他在那里整整待了一夜，一部分的时间消磨在假寐（mèi）上，腹中的饥饿时时刻刻使他惊醒，而另一部分时间里，他一直沉浸在担忧和渺茫的希望中。但他想来想去，总是只有一个结论：那就是目前他必须静静地躺着，以忍耐和极度的体谅来协助家庭克服他在目前的情况下必然会给他们造成的不方便。

拂晓时分，其实还简直是夜里，格里高尔就有机会考验他的新决心是否坚定了，因为他的妹妹衣服还没有完全穿好就打开了通往客厅的门，表情紧张地向里张望。她没有立刻看见他，可是一等她看到他躲在沙发底下——说到究竟，他总得待在什么地方，他又不能飞走，是不是——她大吃一惊，不由自主就把门“砰”地重新关上。可是仿佛是后悔自己方才的举动似的，她马上又打开了门，踮起脚走了进来，似乎她来看望的是一个危重病人，甚至是陌生人。格里高尔把头探出沙发的边缘看着她。她会不会注意到他并非因为不饿而留着牛奶没喝？她会不会拿别的更合他的口味的东西来呢？除非她自动注意到这一层，他情愿挨饿也不愿唤起她的注意，虽然他有一股强烈的愿望，想从沙发底下冲出来，伏在她脚下，求她拿点食物来。可是妹妹马上就注意到了，她很惊讶，发现除了泼了些出来以外，盆子还是满满的，她立即把盆子端了起来，虽然不是直接用手，而是用手里拿着的布。她把盆子端走了。格里高尔好奇得要命，想知道她会换些什么来，而且还作了种种猜测。然而心地善良的妹妹实际上所做的却是他怎么也想象不到的。为了弄清楚他的嗜（shì）好，她给他带来了许多种食物，全都放在一张旧报纸上。这里有不新鲜的一半腐烂的蔬菜，有昨天晚饭剩下来的肉骨头，上面还蒙着已经变稠硬结的白酱油；还有些葡萄干和杏仁；一块两天前格

里高尔准会说吃不得的乳酪（lào）；一块陈面包，一块抹了黄油的面包，一块撒了盐的黄油面包。除了这一切，她又放下了那只盆子，往里倒了些清水，这盆子显然算是他专用的了。她考虑得非常周到，生怕格里高尔不愿当她的面吃东西，所以马上就退了出去，甚至还锁上了门，让他明白他可以安心地随意进食。格里高尔所有的腿都嗖地向食物奔过去。而他的伤口也准是已经完全愈合了，因为他并没有感到不方便，这使他颇为吃惊，也令他回忆起，一个月以前，他用刀稍稍割伤了一根手指，直到前天还觉得疼痛。 难道我现在感觉迟钝些了？他想，紧接着便对乳酪狼吞虎咽起来，在所有的食物里，这一种立刻强烈地吸引了他。他眼中含着满意的泪水，逐一地把乳酪、蔬菜和酱油都吃掉；可是新鲜的食物却一点儿也不给他以好感，他甚至都忍受不了那种气味，事实上他是把可吃的东西都叼到远一点的地方去吃的。他吃饱了，正懒洋洋地躺在原处，这时他妹妹慢慢地转动钥匙，仿佛是给他一个暗示，让他退走。他立刻惊醒了过来——虽然他差不多睡着了——就急急地重新钻到沙发底下去。可是藏在沙发底下需要相当的自我克制力量，即使只是妹妹在房间里这短短的片刻，因为这顿饱餐使他的身子有些膨胀，他只觉得地方狭窄，连呼吸也很困难。他因为透不过气，眼珠也略略鼓了起来，他望着没有察觉任何情况的妹妹在用扫帚扫去不光是他吃剩的食物，甚至也包括他根本没碰的那些，仿佛这些东西现在根本没人要了，扫完后又急匆匆地全都倒进了一只桶里，把木盖盖上就提走了。她刚扭过身去，格里高尔就打沙发底下爬出来舒展身子，呼哧呼哧喘了几口气。

格里高尔就是这样由他妹妹喂养着，一次在清晨他父母和使女还睡着的时候，另一次是在他们吃过午饭，他父母睡午觉而妹妹把使女打发出去随便干点杂事的时候。他们当然不会存心叫他挨饿，不过也

许是他们除了听妹妹说一声以外，对于他吃东西的情形根本不忍心知道吧，也许是他妹妹也想让他们尽量少操心吧，因为眼下他们心里已经够烦的了。

至于第一天上午大夫和锁匠是用什么借口打发走的，格里高尔就永远不得而知了，因为他说的话人家既然听不懂，他们——甚至连妹妹在内——就不会想到他能听懂大家的话，所以每逢妹妹来到他的房间里，他听到她不时发出的几声叹息和向圣者作的喁（yú）喁祈祷，也就满足了。后来，她对这种情形略微有点习惯了——当然，完全习惯是绝对不可能的——这时，她间或也会让格里高尔听到这样好心的或者可以作这样理解的话： 他喜欢今天的饭食。要是格里高尔把东西吃得一干二净，她会这样说。但是遇到相反的情形，并且这种情形越来越多了，她总是有点忧郁地说：又是什么都没有吃。

格里高尔虽然无法直接得到任何消息，却从隔壁房间里偷听到一些，只要听到一点点声音，他就急忙跑到那个房间的门后，把整个身子贴在门上。特别是在头几天，几乎没有什么谈话不牵涉到他，即使是悄悄话。整整两天，一到吃饭的时候，全家人就商量该怎么办；就是不在吃饭时候，也老是谈这个题目，那阵子家里至少总有两个人，因为谁也不愿孤单单地留在家里，至于全都出去那更是不可想象的事。就在第一天，女仆——她对这件事到底知道几分还弄不太清楚——来到母亲跟前，跪下来哀求让她辞退工作。当她一刻钟之后离开时，居然眼泪盈眶，感激不尽，仿佛得到了什么大恩典似的。而且谁也没有逼她，她就立下重誓，说这件事她一个字也永远不对外人说。

女仆一走，妹妹就帮着母亲做饭了；其实这事也并不太麻烦，因为事实上大家都简直不吃什么。格里高尔常常听到家里一个人白费力气地劝另一个人多吃一些，可是回答总不外是“谢谢，我吃不下了”，或是诸如此类的话。现在似乎连酒也不喝了。他妹妹总是一次又一次地问父亲要不要喝啤酒，并且好心好意地说要亲自去买，她见父亲没有回答，便建议让看门的女人去买，免得父亲觉得过意不去，这时父亲断然地说一个“不”字，大家就再也不提这事了。

在头几天里，格里高尔的父亲便向母亲和妹妹解释了家庭的经济现状和远景。他常常从桌子旁边站起来，去取一些文件和账目，这些都放在一个小小的保险箱里，这是五年前他的公司破产时保存下来的。他打开那把复杂的锁、窸（xī）窸窣（sū）窣地取出纸张又重新锁上的声音，格里高尔都一一听得清清楚楚。他父亲的叙述是格里高尔幽禁以来听到的第一个愉快的消息。他本来还以为父亲的买卖什么也没有留下呢，至少父亲没有说过相反的话；当然，他也没有直接问过。那时，格里高尔唯一的愿望就是竭尽全力，让家里人尽快忘掉父亲事业崩溃使全家沦于绝望的那场大灾难。所以，他以不寻常的热情投入工作，很快就不再是个小办事员，而成为一个旅行推销员，赚钱的机会当然更多，他的成功马上就转化为亮晃晃圆滚滚的银币，好让他当着惊诧（chà）而又快乐的一家人的面放在桌上。那真是美好的时刻啊，这种时刻以后就再没有出现过，至少是再也没有那种光荣感了，虽然后来格里高尔挣的钱已经够维持一家的生活，事实上家庭也的确是他在负担。大家都习惯了，不论是家里人还是格里高尔，收钱的人固然很感激，给的人也很乐意，可是再也没有那种特殊的温暖感觉了。只有妹妹和他最亲近，他心里有个秘密的计划，想让她明年进音乐学院，她跟他不一样，爱好音乐，小提琴拉得很动人，进音乐学院费用当然不会小，这笔钱一定得另行设法筹措。他逗留在家的短暂期间，音乐学院这一话题在他和妹妹之间经常提起，不过总是把它当作一个永远无法实现的美梦；只要听到关于这件事的天真议论，他的父母就感到沮丧；然而格里高尔已经痛下决心，准备在圣诞节之夜隆重地宣布这件事。

这就是他贴紧门站着倾听时涌进脑海的一些想法，这在目前当然都是毫无意义的空想了。有时他实在疲倦了，便不再倾听，而是懒懒地把头靠在门上，不过总是立即又得抬起来，因为他弄出的最轻微的声音隔壁都听得见，谈话也因此停顿下来。“他现在又在干什么呢？”片刻之后他父亲会这样问，而且显然把头转向了门，这以后，被打断的谈话才会逐渐恢复。

由于他父亲很久没有接触经济方面的事，他母亲也总是不能一下子就弄清楚，所以他父亲老是一遍又一遍地反复解释，使格里高尔了解得非常详细：他的家庭虽然破产，却有一笔投资保存了下来——款子当然很小——而且因为红利没动用，钱数还有些增加。另外，格里高尔每个月给的家用——他自己只留下几个零用钱——没有完全花掉，所以到如今也积成了一笔小数目。格里高尔在门后拼命点头，为这种他没料到的节约和谨慎而高兴。当然，本来他也可以用这些多余的款子把父亲欠老板的债再还掉些，使自己可以少替老板卖几天命，可是无疑还是父亲的做法更为妥当。

不过，如果光是靠利息维持家用，这笔钱还远远不够；这项款子可以使他们生活一年，至多两年，不能再多了。这笔钱根本就不能动用，要留着以备不时之需；日常的生活费用得另行设法。他父亲身体虽然还算健壮，但已经老了，他已有五年没做事，也很难期望他能有什么作为了；在他劳累的却从未成功过的一生里，他还是第一次过安逸的日子，在这五年里，他发胖了，连行动都不方便了。而格里高尔的老母亲患有气喘病，在家里走动都很困难，隔一天就得躺在打开的窗户边的沙发上喘得气都透不过来，又怎能叫她去挣钱养家呢？妹妹还只是个十七岁的孩子，她的生活直到现在为止还是一片欢乐，关心的只是怎样穿得漂亮些，睡个懒觉，在家务上帮帮忙，出去找些不太花钱的娱乐，此外最重要的就是拉小提琴，又怎能叫她去给自己挣面包呢？只要话题转到挣钱养家的问题，最初格里高尔总是放开了门，扑倒在门旁冰凉的皮沙发上，羞愧与焦虑得心中如焚（fén）。

他往往躺在沙发上，通夜不眠，一连好几个小时在皮面子上蹭来蹭去。他有时也集中全身力量，将扶手椅推到窗前，然后爬上窗台，身体靠着椅子，把头贴到玻璃窗上，他显然是企图回忆过去临窗眺望时所感到的那种自由。因为事实上，随着日子一天天过去，稍稍远一些的东西他就看不清了；从前，他常常诅（zǔ）咒街对面的医院，因为它老是逼近在他眼前，可是如今他却看不见了，倘若他不知道自己住在虽然僻静却完全是市区的夏洛蒂街，他真要以为自己的窗子外面是灰色的天空与灰色的土地常常浑然成为一体的荒漠世界了。他那细心的妹妹只看见扶手椅两回都靠在窗前，就明白了；此后她每次打扫房间总把椅子推回到窗前，甚至还让里面那层窗子开着。

如果他能开口说话，感激妹妹为他所做的一切，他也许还能多少忍受她的怜悯，可现在他却受不住。她工作中不太愉快的那些方面，她显然想尽量避免；日子一天天过去，她的确逐渐达到了目的，可是格里高尔也渐渐地越来越明白了。她走进房间的样子就使他痛苦。她一进房间就冲到窗前，连房门也顾不上关，虽然她往常总是小心翼翼不让旁人看到格里高尔的房间。她仿佛快要窒（zhì）息了，用双手匆匆推开窗子，甚至在严寒中也要当风站着作深呼吸。她这种吵闹急促的步子一天总有两次使得格里高尔心神不定；在这整段时间里，他都得蹲在沙发底下，打着哆嗦。他很清楚，她和他待在一起时，若是不打开窗子也还能忍受，她是绝对不会如此打扰他的。

有一次，大概在格里高尔变形一个月以后，其实这时她已经没有理由见到他再吃惊了，她比平时进来得早了一些，发现他正在一动不动地向着窗外眺望，所以模样更像妖魔了。要是她光是不进来格里高尔倒也不会感到意外，因为既然他在窗口，她当然不能立刻开窗了，可是她不仅退出去，而且仿佛是大吃一惊似的跳了回去，并且还“砰”地关上了门；陌生人还以为他是故意等在那儿要扑过去咬她呢。格里高尔当然立刻就躲到了沙发底下，可是他一直等到中午她才重新进来，看上去比平时更显得惴（zhuì）惴不安。这使他明白，妹妹看见他依旧那么恶心，而且以后也势必一直如此。她看到他身体的一小部分在沙发底下露出而不逃走，该是作出了多大的努力呀。为了使她不致如此，有一天他花了四个小时的劳动，用背把一张被单拖到沙发上，铺得使它可以完全遮住自己的身体，这样，即使她弯下身子也不会看到他了。如果她认为被单放在那儿根本没有必要，她当然会把它拿走，因为格里高尔这样把自己遮住又蒙上自然不会舒服。可是她并没有拿走被单，当格里高尔小心翼翼地用头把被单拱起一些看她怎样对待新情况的时候，他甚至仿佛看到妹妹眼睛里闪出了一丝感激的光辉。

在最初的两个星期里，他的父母鼓不起勇气进他的房间，他常常听到他们对妹妹的行为表示感激，而以前他们常常骂她，说她是个不中用的女儿。可是现在呢，在妹妹替他收拾房间的时候，老两口往往在门外等着，她一出来就问她房间里的情形，格里高尔吃了什么，他这一次行为怎么样，是否有些好转的迹象。过了不多久，母亲想要来看他，起先父亲和妹妹都用种种理由劝阻她，格里高尔留神地听着，暗暗也都同意。后来，他们不得不用强力拖住她了，而她却拼命嚷道：“让我进去瞧瞧格里高尔，他是我可怜的儿子！你们就不明白我非进去不可吗？”听到这里，格里高尔想也许还是让她进来的好，当然不是每天都来，每星期一次也就差不多了；她毕竟比妹妹更周到些，妹

妹虽然勇敢，总还是个孩子，再说，她之所以担当这件苦差事恐怕还是因为年轻稚气，少不更事罢了。

格里高尔想见见他母亲的愿望很快就实现了。在大白天，考虑到父亲的脸面，他不愿趴在窗子上让人家看见，可是他在几平方米的地板上没什么好爬的，漫漫的长夜里他也不能始终安静地躺着不动，此外他很快就失去了对于食物的任何兴趣，因此，为了锻炼身体，他养成了在墙壁和天花板上纵横交错地爬来爬去的习惯。他特别喜欢倒挂在天花板上，这比躺在地板上强多了，呼吸起来也轻松多了，而且身体也可以轻轻地晃来晃去；倒悬的滋味使他乐而忘形，他忘乎所以地松了腿，直挺挺地掉在地板上。可是如今他对自己身体的控制能力比以前大有进步，所以即使摔得这么重，也没有受到损害。他的妹妹马上就注意到了格里高尔新发现的娱乐——他的脚总要在爬过的地方留下一种黏液——于是她想到应该让他有更多地方可以活动，得把碍路的家具搬出去，首先要搬的是五斗橱和写字台。可是一个人干不了；她不敢叫父亲来帮忙；家里的用人又只有一个十六岁的使女，女仆走后她虽说有勇气留下来，但是她求主人赐给她一个特殊的恩惠，让她把厨房门锁着，只有在人家特意叫她时才打开，所以她也是不能帮忙的；这样，除了趁父亲出去时求母亲帮忙，也没有别的法子可想了。老太太真的来了，一边还兴奋地叫喊着，可是这股劲头没等到她来到格里高尔房门口就烟消云散了。格里高尔的妹妹当然先进房间，她来看看是否一切都很稳妥，然后再招呼母亲。格里高尔赶紧把被单拉低些，并且把它弄得皱褶更多些，让人看了以为这是随随便便扔在沙发上的。这一回他也不打沙发底下往外张望了；他放弃了见到母亲的快乐，她终于来了，这就已经使他喜出望外了。 进来吧，他躲起来了。 妹妹说，显然是搀着母亲的手在领她进来。此后，格里高尔听到了两个荏（rěn）

弱的女人使劲把那口旧柜子从原来的地方拖出来的声音，他妹妹只管挑重活儿干，根本不听母亲叫她当心累坏身子的劝告。她们搬了很久。在拖了至少一刻钟之后，母亲提出相反的意见，说这口橱还是放在原处的好，因为首先它太重了，在父亲回来之前是绝对搬不走的；而这样立在房间的中央当然只会更加妨碍格里高尔的行动，况且把家具搬出去是否就合格里高尔的意，这可谁也说不上来。她甚至还觉得恰恰相反呢。她看到墙壁光秃秃，只觉得心里堵得慌，为什么格里高尔就没有同感呢，既然好久以来他就用惯了这些家具，一旦没有，当然会觉得很凄凉。最后她又压低了声音说——事实上自始至终她都几乎是用耳语在说话，她仿佛连声音都不想让格里高尔听到——他到底藏在哪儿她并不清楚——因为她相信他已经听不懂她的话了。再说，我们搬走家具，岂不等于向他表示，我们放弃了他好转的希望，硬着心肠由他去了吗？我想还是让他房间保持原状的好，这样，等格里高尔回到我们中间，他就会发现一切如故，也就能更容易忘掉这期间发生的事了。

听到了母亲这番话，格里高尔明白两个月不与人交谈以及单调的家庭生活，已经把他的头脑弄糊涂了，否则他就无法解释，他怎么会认真地希望把房间里的家具清出去。难道他真的要把那么舒适的放满祖传家具的温暖的房间变成光秃秃的洞窟，好让自己不受阻碍地往四面八方乱爬，同时还要把做人的时候的回忆忘得干干净净作为代价吗？他的确已经濒（bīn）于忘却一切，只是靠了好久没有听到的母亲的声音才把他拉了回来。什么都不能从他的房间里搬出去；一切都得保持原状；他不能丧失这些家具对他精神状态的良好影响；即使在他无意识地到处乱爬的时候家具的确挡住他的路，这也绝不是什么妨碍，而是大大的好事。

不幸的是，妹妹却有不同的看法；她已经惯于把自己看成是格里

高尔事务的专家了，自然认为自己要比父母高明，这当然也有点道理，所以母亲的劝说只能使她决心不仅搬走柜子和书桌——这只是她的初步计划——而且还要搬走一切，只剩那张不可缺少的沙发。她作出这个决定当然不仅是出于孩子气的倔强和她近来自己也没料到的，花了艰苦代价而获得的自信心；她的确觉得格里高尔需要许多地方爬动，另外，他又根本用不着这些家具，这也是不言而喻的。另一个原因也可能是她这种年龄的少女的热烈气质，她们无论做什么事总要迷在里面，这个原因使得葛蕾特夸大哥哥环境的可怕，这样，她就能给他做更多的事了。对于一间由格里高尔一个人主宰的光有四堵空墙的房间，除了葛蕾特是不会有别人敢于进去的。

因此，她不因为母亲的一番话而动摇自己的决心。母亲在格里高尔的房间里越来越不舒服，所以也拿不定主意，旋即不作声了，只是竭力帮她女儿把柜子推出去。如果不得已，格里高尔也可以不要柜子，可是写字台是非留下不可的。这两个女人哼哼着刚把柜子推出房间，格里高尔就从沙发底下探出头来，想看看该怎样尽可能温和妥善地干预一下。可是真倒霉，是他母亲先回到房间来的，她让葛蕾特独自在隔壁房间拽住柜子摇晃着往外拖，柜子当然是一动也不动。母亲没有看惯他的模样；怕她看了吓出病来，格里高尔马上退到沙发另一头去，可是还是使被单在前面晃动了一下。这就已经使她大吃一惊了。她愣住了，站了一会儿，这才往葛蕾特那儿跑去。

虽然格里高尔不断地安慰自己，说根本没有出什么大不了的事，只是搬动了几件家具，但他很快就不得不承认，这两个女人跑过来跑过去，她们的轻声叫喊以及家具在地板上的拖动，这一切给了他很大影响，仿佛乱动从四面八方同时袭来，尽管他拼命把头和腿都蜷（quán）成一团贴紧在地板上，他也不得不承认他忍受不了多久了。她们在搬空他房间里的东西，把他所喜欢的一切都拿走。安放他的钢丝锯和各种工具的柜子已经给拖走了；她们这会儿正在把几乎陷进地板去的写字台抬起来，他在商学院念书时所有的作业就是在这张桌子上做的，更早的还有中学的作业，还有，对了，小学的作业——他再也顾不上体会这两个女人的良好动机了，他几乎已经忘了她们的存在，因为她们太累了，干活时连声音也发不出来，除了她们沉重的脚步声，旁的什么也听不见。

因此他冲出去了——两个女人在隔壁房间正靠着写字台略事休息——他换了四次方向，因为他真的不知道应该先拯救什么；接着，他看见了对面的那面墙，靠墙的东西已给搬得七零八落了，墙上那幅穿皮大衣的女士的像吸引了他，格里高尔急忙爬上去，紧紧地贴在镜面玻璃上，这地方倒挺不错，他那火热的肚子顿时觉得惬（qiè）意多了。至少，这幅完全藏在他身子底下的画是谁也不许搬走的。他把头转向起居室，以便两个女人重新进来的时候可以看到她们。

她们休息了没多久就已经往里走来了，葛蕾特用胳膊围住她母亲，简直是在抱着她。“那么，我们现在再搬什么呢？”葛蕾特说，向周围扫了一眼，她的眼睛遇上了格里高尔从墙上射来的眼光。大概因为母亲也在场的缘故，她保持住了镇静，她向母亲低下头去，免得母亲的眼睛抬起来，说道：“走吧，我们要不要再回起居室待一会儿？”她的意图格里高尔非常清楚，她是想把母亲安置到安全的地方，然后再把他从墙上赶下来。好吧，让她来试试看吧！他抓紧了他的图片绝不退让。他还想对准葛蕾特的脸飞扑过去呢。

可是葛蕾特的话却已经使母亲感到不安了，她向旁边跨了一步，看到了印花墙纸上那一大团棕色的东西，她还没有真的理会到她看见的正是格里高尔，就用嘶哑的声音大叫起来：“啊，上帝，啊，上帝！”

接着就双手一摊，倒在沙发上，仿佛听天由命似的，一动也不动了。“唉，格里高尔！”他妹妹喊道，对他又是挥拳又是瞪眼。自从变形以来这还是她第一次直接对他说话。她跑到隔壁房间去拿什么香精来使母亲从昏厥中苏醒过来。格里高尔也想帮忙——要救那张图片以后还有时间——可是他已经紧紧地粘在玻璃上，不得不使点劲儿才能够让身子移动；接着他就跟在妹妹后面奔进房间，好像他与过去一样，真能给她什么帮助似的；可是他马上就发现，自己只能无可奈何地站在她后面；妹妹正在许许多多小瓶子堆里找来找去，等她回过身来一看到他，真的又吃了一惊；一只瓶子掉到地板上，打碎了；一块玻璃片划破了格里高尔的脸，不知什么腐蚀（shí）性的药水溅到了他身上；葛蕾特才愣住一小会儿，就马上抱起所有拿得了的瓶子跑到母亲那儿去了；她用脚“砰”地把门关上。格里高尔如今和母亲隔开了，她就是因为他，也许快要死了；他不敢开门，生怕吓跑了不得不留下来照顾母亲的妹妹；目前，除了等待，他没有别的事可做；他被自我谴（qiǎn）责和忧虑折磨着，就在墙壁、家具和天花板上到处乱爬起来，最后，在绝望中，他觉得整个房间竟在他四周旋转，就掉了下来，跌落在大桌子的正中央。

过了一小会儿，格里高尔依旧软弱无力地躺着，周围寂静无声。这也许是个吉兆吧。接着门铃响了。使女当然是锁在她的厨房里的，只能由葛蕾特去开门。进来的是他的父亲。“出了什么事？”他一开口就问；准是葛蕾特的神色把一切都告诉他了。葛蕾特显然把头埋在父亲胸口上，因为她的回答听上去闷声闷气的：“妈妈刚才晕过去了，不过这会儿已经好点了。格里高尔逃了出来。”“果然不出我的所料，”他父亲说，“我不是告诉过你们吗，可是你们这些女人根本不听。”格里高尔清楚地感觉到他父亲把葛蕾特过于简单的解释想到最坏的方面去了，他大概以为格里高尔做了什么凶狠的事呢。格里高尔现在必须设法使父亲息怒，因为他既来不及也无法替自己解释。因此他赶忙爬到自己房间的门口，蹲在门前，好让父亲从客厅里一进来便可以看见自己的儿子乖得很，一心想立即回自己房间，根本不需要赶，要是门开着，他马上就会进去的。

可是父亲目前的情绪完全无法体会他那细腻的感情。 啊！他一露面就喊道，声音里既有狂怒，同时又包含了喜悦。格里高尔把头从门上缩回来，抬起来瞧他的父亲。啊，这简直不是他想象中的父亲了；显然，最近他太热衷于爬天花板这一新的消遣，对家里别的房间里的情形就不像以前那样感兴趣了，他真应该预料到某些新的变化才行。不过，不过，这难道真是他父亲吗？从前，每逢格里高尔动身出差，他父亲总是疲惫不堪地躺在床上；格里高尔回来过夜总看见他穿着睡衣靠在一张长椅子里，他连站都站不起来，把手举一举就算是欢迎。一年里有那么一两个星期天，还得是盛大的节日，他也偶尔和家里人一起出去，总是走在格里高尔和母亲的当中，他们走得已经够慢的了，可是他还要慢，他裹在那件旧大衣里，靠了那把弯柄的手杖的帮助艰难地向前移动，每走一步都先要把手杖小心翼翼地支好，逢到他想说句话，往往要停下脚步，让护卫的人靠拢来。难道那个人就是他吗？现在他身子笔直地站着，穿一件有金色纽扣的漂亮的蓝制服，这通常是银行的杂役穿的；他那厚实的双下巴鼓出在上衣坚硬的高领子外面；从他浓密的睫毛下面，那双黑眼睛射出了神气十足咄（duō）咄逼人的光芒；他那头本来乱蓬蓬的头发如今从当中整整齐齐一丝不苟地分了开来，两边都梳得又光又平。他把那顶绣有金字——肯定是哪家银行的标记——的帽子远远地往房间那头的沙发上一扔，把大衣的下摆往后一甩，双手插在裤袋里，板着严峻的脸朝格里高尔冲来。他大概自

己也不清楚要干什么，但是他把脚举得老高，格里高尔一看到他那大得惊人的鞋后跟简直吓呆了。不过格里高尔不敢冒险听任父亲摆弄，他知道从自己新生活的第一天起，父亲就是主张对他采取严厉措施的。因此他就在父亲的前头跑了起来，父亲停住他也停住，父亲稍稍一动他又急急地奔跑。就这样，他们绕着房间转了好几圈，并没有真出什么事；事实上这简直都不太像是追逐，因为他们都走得很慢。所以格里高尔也没有离开地板，生怕父亲把他的爬墙和上天花板看成是一种特别恶劣的行为。可是，即使就这样跑他也支持不了多久，因为他父亲迈一步，他就得动好多下。他已经感到气喘不过来了，他从前做人的时候肺就不太强。他跌跌撞撞地向前冲，因为要把精力全部集中在奔走上，连眼睛都几乎睁不开来；在昏乱的状态中，除了向前冲，他根本没有想到还有别的出路；他几乎忘记自己是可以随便上墙的，但是在这个房间里放着凹凹凸凸、精雕细镂（lòu）的家具，把墙挡住了——正在这时，突然有一样扔得不太有力的东西飞了过来，落在他紧后面，又滚到他前面去。这是一个苹果。紧接着第二个苹果又扔了过来。格里高尔惊慌地站住了，再跑也没有用了，因为他父亲决心要轰炸他了。他把碗橱上盘子里的水果装满了衣袋，也没有好好地瞄准，只是把苹果一个接一个地扔出来。这些小小的红苹果在地板上滚来滚去，仿佛有吸引力似的，都在互相碰撞。一个扔得不太用力的苹果轻轻擦过格里高尔的背，没有带给他什么损害就飞走了。可是紧跟着马上飞来了另一个，正好打中了他的背并且还陷了进去。格里高尔挣扎着往前爬，仿佛能把这种可怕的莫名其妙的痛苦留在身后似的；可是他觉得自己好像被钉在原处，就六神无主地瘫倒在地上。在清醒的最后一刹那，他瞥（piē）见他的房门猛然打开，母亲抢在尖叫着的妹妹前头跑了过来，身上只穿着内衣，她女儿为了让她呼吸舒畅好缓过气来，已经替她把

衣服都解开了。格里高尔看见母亲向父亲扑过去，解松了的裙子一条接着一条都掉在地板上，她绊着裙子径直向父亲奔去，抱住他，紧紧地搂住他，双手围在父亲的脖子上，求他别伤害儿子的生命——可是这时，格里高尔的眼光已经逐渐暗淡了。

三

荒诞的尾声

格里高尔所受的重创使他有一个月不能行动——那个苹果还一直留在他的身上，没人敢去取下来，仿佛这是一个公开的纪念品似的——他的受伤好像使父亲也想起了他是家庭的一员，尽管他现在很不幸，外形使人看了恶心，但是也不应该把他看成敌人。相反，家庭的责任正需要大家把厌恶的心情压下去，而用耐心来对待。只能是耐心，别的都无济于事。

虽然他的创伤损害了，而且也许是永久地损害了他行动的能力，目前，他从房间的一端爬到另一端也得花好多好多分钟，活像个老弱的病人——说到上墙在目前更是谈也不用谈——可是，在他自己看来，他的受伤还是得到了足够的补偿，因为每到晚上——他早在一两个小时以前就一心一意等待着这个时刻了，起居室的门总是大大地打开，这样他就可以躺在自己房间的暗处，家里人看不见他，他却可以看到三个人坐在点上灯的桌子旁边，可以听到他们的谈话，这大概是他们全都同意的。比起早先的偷听，这可要强多了。

的确，他们的关系中缺少了先前那种活跃的气氛。过去，当他投宿在客栈狭小的寝室里，疲惫不堪，要往潮乎乎的床铺上倒下去的时候，他总是以一种渴望的心情怀念这种气氛的。他们现在往往很沉默。

晚饭吃完不久，父亲就在扶手椅里打起瞌睡来；母亲和妹妹就互相提醒谁都别说话；母亲把头低低地俯在灯下，在给一家时装店做精细的针线活；妹妹已经当了售货员，为了将来找更好的工作，在利用晚上的时间学习速记和法语。有时父亲醒了过来，仿佛根本不知道自己已经睡了一觉，还对母亲说："你今天干了这么多针线活呀！"话才说完又睡着了，于是娘儿俩又交换一下疲倦的笑容。

父亲脾气真执拗（niù），连在家里也一定要穿上那件制服。他的睡衣毫无用处地挂在钩子上，他穿得整整齐齐，坐着坐着就睡着了，好像随时要去应差，即使在家里也要对上司唯命是从似的。这样下来，虽则有母亲和妹妹的悉心保护，他那件本来就不是簇新的制服已经开始显得脏了，格里高尔常常整夜整夜地望着纽扣老是擦得金光闪闪的外套上的一摊摊油迹，老人就穿着这件外套极不舒服却又是极安宁地坐在那里沉入了梦乡。

一等钟敲十下，母亲就设法用婉言款语把父亲唤醒，劝他上床去睡，因为坐着睡休息不好，可他最需要的就是休息，因为他六点钟就得去上班。可是自从他在银行里当了杂役以来，不知怎的有了犟（jiàng）脾气，他总想在桌子旁边再坐上一会儿，可是又总是重新睡着，到后来得花九牛二虎之力才能把他从扶手椅弄到床上去。不管格里高尔的母亲和妹妹怎样不断用温和的话一个劲儿地催促他，他总要闭着眼睛，慢慢地摇头，摇上一刻钟，就是不肯站起来。母亲拉着他的袖管，对着他的耳朵轻声说些甜蜜的话，他妹妹也扔下了功课跑来帮助母亲。可是格里高尔的父亲还是不上钩，他一味往椅子深处退去。直到两个女人抓住他的胳肢窝把他拉了起来，他才睁开眼睛，看看这个，又看看那个，而且总要说：我过的是什么日子呀。这就算是我安宁、平静的晚年了吗？于是就由两个人搀扶着挣扎站起来，好不费力，仿佛自己对自己都是一个沉重的负担，还要她们一直扶到门口，这才挥挥手叫她们回去，独自往前走，可是母亲还是放下了针线活，妹妹也放下笔，追上去再搀他一把。

在这个操劳过度、疲倦不堪的家庭里，除了做绝对必须做的事情，谁还有时间替格里高尔操心呢？家计日益窘（jiǒng）迫；使女也给辞退了；一个蓬着满头白发、高大瘦削的老妈子一早一晚来替他们做些粗活；其他的一切家务事就落在格里高尔母亲的身上。此外，她还得做一大堆一大堆的针线活。连母亲和妹妹以往每逢参加晚会和喜庆日子总要骄傲地戴上的那些首饰，也不得不变卖了，一天晚上，家里人都在讨论卖得的价钱，格里高尔才发现了这件事。可是最使他们悲哀的就是没法从与目前的景况不相称的住所里迁出去，因为他们想不出有什么法子搬动格里高尔。可是格里高尔很明白，对他的考虑并不是妨碍搬家的主要原因，因为他们满可以把他装在一只大小合适的盒子里，只要留几个通气的孔眼就行了；他们彻底绝望了，还相信他们是注定了要交上这种所有亲友都没交过的厄运，这才是使他们没有迁往他处的真正原因。世界上要求穷人的一切，他们都已尽力做了：父亲在银行里给小职员买早点，母亲把自己的精力耗费在替陌生人缝内衣上，妹妹听顾客的命令在柜台后面急急地跑来跑去，超过这个界限就是他们力所不及的了。把父亲送上了床，母亲和妹妹就重新回到房间，她们总是放下手头的工作，靠得紧紧地坐着，脸挨着脸，接着母亲指指格里高尔的房门说： 把这扇门关上吧，葛蕾特。于是他重新被关入黑暗中，而隔壁的两个女人就涕泗（sì）交流起来，或是眼眶干枯地瞪着桌子；每逢到这样的时候，格里高尔背上的创伤总要又一次地使他感到疼痛难忍。

不管是夜晚还是白天，格里高尔几乎都不睡觉。有一个想法老是

折磨他：下一次门再打开时他就要像过去那样重新挑起一家的担子了；隔了这么久以后，他脑子里又出现了老板、秘书主任、那些旅行推销员和练习生的影子，他仿佛还看见了那个其蠢无比的听差、两三个在别的公司里做事的朋友、一个乡村客栈里的侍女，这是个一闪即逝的甜蜜的回忆；还有一个女帽店里的出纳，格里高尔殷勤地向她求过爱，但是让人家捷足先登了——他们都出现了，另外还有些陌生的或他几乎已经忘却的人，但是他们非但不帮他和他家庭的忙，还一个个都那么冷冰冰的。格里高尔看到他们从眼前消失，心里只有感到高兴。另外，有的时候，他没有心思为家庭担忧，却因为家人那样忽视自己而积了一肚子的火，他自己也弄不清楚到底爱吃什么，却打算闯进食物储藏室去把本该属于他分内的食物叼走。他妹妹再也不考虑拿什么他可能最爱吃的东西来喂他了，只是在早晨和中午上班以前匆匆忙忙地用脚把食物拨进来，手头有什么就给他吃什么，到了晚上只是用扫帚一下子再把东西扫出去，也不管他是尝了几口呢，还是——这是最经常的情况——连动也没有动。她现在总是在晚上给他打扫房间，她的打扫不能再草率了。墙上尽是一缕缕灰尘，到处都是成团的尘土和脏东西。起初格里高尔在妹妹要来的时候总待在特别肮脏的角落里，他的用意也算是以此责难她。可是即使他再蹲上几个星期也无法使她有所改进，她跟他一样完全看得见这些尘土，可就是决心不管。不但如此，她新近脾气还特别暴躁，还不知怎的传染给了全家人，这种脾气使她认定自己是格里高尔房间唯一的管理人。他的母亲有一回把他的房间彻底扫除了一番，其实不过是用了几桶水罢了——房间的潮湿当然使格里高尔大为狼狈，他摊开身子阴郁地一动不动地躺在沙发上——可是母亲为这事也受了罪。那天晚上，妹妹刚察觉到他房间所发生的变化，就怒不可遏地冲进起居室，而且不顾母亲举起双手苦苦哀求，竟号啕大哭起来，她的父母——父亲当然早就从椅子里惊醒站立起来了——最初只是无可奈何地愕（è）然看着，接着也卷了进来；父亲先是责怪右边的母亲，说打扫格里高尔的房间本来是女儿的事，她真是多管闲事；接着又尖声地对左边的女儿嚷叫，说以后再也不让她去打扫格里高尔的房间了；而母亲呢，却想把父亲拖到卧室里去，因为他已经激动得不能控制自己了；妹妹哭得浑身发抖，只管用她那小拳头擂打桌子；格里高尔也气得发出很响的嗤（chī）嗤声，因为没有人想起关上门，省得他看到这一场好戏，听到这么些吵闹。

可是，即使妹妹因为一天工作下来疲累不堪，已经懒得像先前那样去照顾格里高尔了，母亲也没有自己去管的必要，而格里高尔倒也根本不会被忽视，因为现在有那个老妈子了。这个老寡妇的结实精瘦的身体使她经受了漫长的一生中所有最厉害的打击，她根本不怕格里高尔。她有一次完全不是因为好奇，而纯粹是出于偶然打开了他的房门，看到了格里高尔。格里高尔吃了一惊，便四处奔跑了起来，其实老妈子根本没有追他，只是叉着手站在那儿罢了。从那时起，一早一晚，她总不忘记花上几分钟把他的房门打开一点来看看他。起先她还用自以为亲热的话招呼他，比如："来呀，嗨，你这只老屎壳郎[1]！"或者是："瞧这老屎壳郎哪，嗐（hài）！"对于这样的攀谈格里高尔置之不理，只是一动不动地待在原处，就当那扇门根本没有开。与其容许她兴致一来就这样无聊地滋扰自己，还不如命令她天天打扫他的房间呢，这粗老妈子！有一次，是在清晨——急骤的雨点敲打着窗玻璃，这大概是春天快来临的征兆吧——她又来啰唆了，格里高尔好不恼怒，就向她冲去，仿佛要咬她似的，虽然他的行动既缓慢又软弱无力。可是那个老妈子非但不害怕，反而把刚好放在门旁的一把椅子高高举起，

[1] 屎壳郎：蜣螂的俗称。——编者注

她的嘴张得老大，显然是要等椅子往格里高尔的背上砸下去才会闭上。“你又不过来了吗？”看到格里高尔掉过头去，她一面问，一面镇静地把椅子放回墙角。

格里高尔现在简直不吃东西了。只有在他正好经过食物时才会咬上一口，作为消遣，每次都在嘴里嚼上一个小时，然后又重新吐掉。起初他还以为他不想吃是因为房间里凌乱不堪，使他心烦，可是他很快也就习惯了房间里的种种变化。家里人已经养成习惯，把别处放不下的东西都塞到这儿来，这些东西现在多得很，因为家里有一个房间租给了三个房客。这些一本正经的先生，他们三个全都蓄着大胡子，这是格里高尔有一次从门缝里看到的，什么都要井井有条，不光是他们的房间里得整齐，因为他们既然已经是这个家庭的一员了，他们就要求整个屋子所有的一切都得如此，特别是厨房。他们无法容忍多余的东西，更不要说脏东西了。此外，他们自己用得着的东西几乎都带来了，因此就有许多东西多了出来，卖出去既不值钱，扔掉也舍不得。这一切都千流归大海，来到了格里高尔的房间。同样，连煤灰箱和垃圾箱也来了。凡是暂时不用的东西都干脆给那老妈子扔了进来，她做什么都那么毛手毛脚；幸亏格里高尔往往只看见一只手扔进来一样东西，也不管那是什么。她也许是想等到什么时机再把东西拿走吧，也许是想先堆起来再一起扔掉吧，可是实际上东西都是她扔在哪儿就在哪儿，除非格里高尔有时嫌碍路，把它推开一些，这样做最初是出于必须，因为他无处可爬了，可是后来却从中得到越来越多的乐趣，虽则在这样的长途跋涉之后，由于郁悒（yì）和极度疲劳，他总要一动不动地一连躺上好几个小时。

由于房客们常常要在家里公用的起居室里吃晚饭，有许多个夜晚房门都得关上，不过格里高尔很容易就习惯了，因为晚上即使门开着他也根本不感兴趣，只是躺在自己房间最黑暗的地方，家里人谁也不注意他。不过有一次老妈子把门开了一道缝，门始终微开着，连房客们进来吃饭点亮了灯的时候也是如此。他们大模大样地坐在桌子的上首，在过去，这是父亲、母亲和格里高尔吃饭时坐的地方，三个人摊开餐巾，拿起了刀叉。立刻，母亲出现在对面的门口，手里端了一盘肉，紧跟着她的是妹妹，拿的是一盘堆得高高的土豆。食物散发着浓密的水蒸气。房客们把头伛（yǔ）在他们前面的盘子上，仿佛在就餐之前要细细察看一番似的，真的，坐在当中像是权威人士的那一位，等肉放到碟子里就割了一块下来，显然是想看看够不够嫩，是否应该退给厨房。他作出满意的样子，焦急地在一旁看着的母亲和妹妹这才舒畅地松了口气，笑了起来。

家里的人现在都到厨房去吃饭了。尽管如此，格里高尔的父亲到厨房去以前总要先到起居室来，手里拿着帽子，深深地鞠一躬，绕着桌子转上一圈。房客们都站起来，胡子里含含糊糊地哼出一些声音。父亲走后，他们就简直不发一声地吃他们的饭。格里高尔自己也觉得奇怪，他竟能从饭桌上各种不同的声音中分辨出他们的咀嚼声，这声音仿佛在向格里高尔示威：要吃东西就不能没有牙齿，即使是最坚强的牙床，只要没有牙齿，也算不了什么。“我饿坏了，”格里高尔悲哀地自言自语道，“可是又不能吃这种东西。这些房客拼命往自己肚子里塞，可是我却快要饿死了！”

就在这天晚上，厨房里传来了小提琴的声音——格里高尔蛰（zhé）居以来，就不记得听到过这种声音。房客们已经用完晚餐了，坐在当中的那个拿出一份报纸，给另外两个人一人一页，这时他们都舒舒服服往后一靠，一面看报一面抽烟。小提琴一响他们就竖起耳朵，站起身来，蹑手蹑脚地走到前厅的门口，三个人挤成一堆，厨房里准是听

到了他们的动作声，因为格里高尔的父亲喊道："拉小提琴妨碍你们吗，先生们？可以马上不拉的。""没有的事，"当中那个房客说，"能不能请小姐到我们这儿来，在这个房间里拉，这儿不是方便得多、舒服得多吗？""噢，当然可以。"格里高尔的父亲喊道，仿佛拉小提琴的是他似的。于是房客们就回到起居室去等了。很快，格里高尔的父亲端了琴架，母亲拿了乐谱，妹妹挟（xié）着小提琴进来了。妹妹静静地作着一切准备；他的父母从来没有出租过房间，因此过分看重了对房客的礼貌，都不敢在自己的椅子上坐下来了；父亲靠在门上，右手插在号衣两颗纽扣之间，纽扣全扣得整整齐齐的；有一位房客端了一把椅子请母亲坐，他正好把椅子放在墙角边，她也没敢挪动椅子，就在墙角边坐了下来。

格里高尔的妹妹开始拉琴了，在她两边的父亲和母亲用心地瞧着她双手的动作。格里高尔受到吸引，也大胆地向前爬了几步，他的头实际上都已探进了起居室。他对自己越来越不为别人着想几乎已经习以为常了，有一度他是很以自己的知趣而自豪的。这样的时候他实在更应该把自己藏起来才是，因为他房间里灰尘积得老厚，稍稍一动就会飞扬起来，所以他身上也蒙满灰尘，背部和两侧都沾满了绒毛、发丝和食物的残渣，走到哪里就带到哪里；他现在对一切都无动于衷，已经不屑于像过去有个时期那样，一天翻过身来在地毯上擦上几次了。尽管现在这么邋遢（lā ta），他却老着脸皮地走前几步，来到起居室一尘不染的地板上。

显然，谁也没有注意到他。家里人完全沉浸在小提琴的音乐声中；房客们呢，他们起先双手插在口袋里，站得离乐谱那么近，以至都能看清乐谱了，这显然对他妹妹是有所妨碍的，可是过不了多久他们就退到窗子旁边，低着头窃窃私语起来，使父亲向他们投来不安的眼光。

的确，他们表示得不能再露骨了，他们对于原以为是优美悦耳的小提琴演奏已经失望，他们已经听够了，只是出于礼貌才让自己的宁静受到打扰。从他们不断把烟从鼻子和嘴里喷向空中的模样，就可以看出他们的不耐烦。可是格里高尔的妹妹琴拉得真美。她的脸侧向一边，眼睛专注而悲哀地追循着乐谱上的音符。格里高尔又向前爬了几步，而且把头低垂到地板上，希望自己的眼光也许能遇上妹妹的视线。音乐对他有这么大的魔力，难道因为他是动物吗？他觉得自己一直渴望着某种营养，而现在他已经找到这种营养了。他决心再往前爬，一直来到妹妹的跟前，好拉拉她的裙子让她知道，她应该带了小提琴到他房间里去，因为这儿谁也不像他那样欣赏她的演奏。他永远也不会让她离开他的房间，至少，只要他还活着。他那可怕的形状将第一次对自己有用，他要同时守望着房间里所有的门，谁闯进来就啐（cuì）谁一口。他妹妹当然不受任何约束，她愿不愿和他待在一起那要随她的便；她将和他并排坐在沙发上，俯下头来听他吐露他早就下定的要送她进音乐学院的决心，要不是他遭到不幸，去年圣诞节——圣诞节准是早就过了吧——他就要向所有人宣布了，而且他是完全不容许任何反对意见的。在听了这样的倾诉以后，妹妹一定会感动得热泪纵横，这时格里高尔就要爬上她的肩膀去吻她的脖子，由于出去做事，她脖子上现在已经不系丝带，也没有高领子。

“萨姆沙先生！”当中的那个房客向格里高尔的父亲喊道，一面不多说一句话地指着正在慢慢往前爬的格里高尔。小提琴声戛（jiá）然而止，当中的那个房客先是摇着头对他的朋友笑了笑，接着又瞧起格里高尔来。父亲并没有来赶格里高尔，却认为更要紧的是安慰房客，虽然他们根本没有激动，而且显然觉得格里高尔比小提琴演奏更为有趣。他急忙向他们走去，张开胳膊，想劝他们回到自己房间去，同时

也是挡住他们，不让他们看见格里高尔。他们现在倒真的有点儿恼火了，也说不上来到底是因为老人的行为呢，还是因为他们如今才发现住在他们隔壁的竟是格里高尔这样的邻居。他们要求父亲解释清楚，也跟他一样挥动着胳膊，不安地拉着自己的胡子，万般不情愿地向自己的房间退去。格里高尔的妹妹从演奏突然给打断后就呆若木鸡，她拿了小提琴和弓垂着手不安地站着，眼睛瞪着乐谱，这时也清醒了过来。她立刻打起精神，把小提琴往坐在椅子上喘得透不过气来的母亲的怀里一塞，就冲进了房客们房间，这时，父亲像赶羊似的把他们赶得更急了。可以看见被褥和枕头在她熟练的手底下在床上飞来飞去，不一会儿就铺得整整齐齐。三个房客尚未进门她就铺好了床溜出来了。

老人好像又一次让自己的犟脾气占了上风，竟完全忘了对房客应该尊敬。他不断地赶他们，最后来到卧室门口，那个当中的房客都用脚重重地顿地板了，这才使他停下来。那个房客举起一只手，也对格里高尔的母亲和妹妹扫了一眼，他说："我要宣布，由于这个住所和这家人家的可憎的状况，"说到这里他斩钉截铁地往地上啐了一口，"我当场通知退租。我住进来这些天的房钱当然一个也不给；不但如此，我还打算向您提出对您不利的控告，所依据的理由——请您放心好了——也是证据确凿的。"他停了下来，瞪着前面，仿佛在等待什么似的。这时，他的两个朋友也就立刻冲上来助威，说道："我们也当场通知退租。"说完，为首的那个就抓住把手"砰"的一声带上了门。

格里高尔的父亲用双手摸索着踉踉跄跄地往前走了几步，跌进了他的椅子；看上去仿佛打算摊开身子像平时晚间那样打个瞌睡，可是他的头分明在颤抖，好像自己也控制不了，这证明他根本没有睡着。在这些事情发生前后，格里高尔还是一直安静地待在房客发现他的原处。计划失败带来的失望，也许还有极度饥饿造成的衰弱，使他无法动弹。

他很害怕，心里算准这样极度紧张的局势随时都会导致对他发起总攻击，于是他就躺在那儿等待着。就连听到小提琴从母亲膝上、从颤抖的手里掉到地上，发出了共鸣的声音，他还是毫无反应。

“亲爱的爸爸妈妈，”妹妹说话了，一面用手在桌子上拍了拍，算是引子，“事情不能再这样拖下去了。你们也许不明白，我可明白。对这个怪物，我没法开口叫他哥哥，所以我的意思是：我们一定得把他弄走。我们照顾过他，对他也算是仁至义尽了，我想谁也不能责怪我们有半分不是了。”

“她说得对极了。”格里高尔的父亲自言自语地说。母亲仍旧因为喘不过气来憋得难受，这时候又一手捂着嘴干咳起来，眼睛里露出疯狂的神色。他妹妹奔到母亲跟前，抱住了她的头。父亲的头脑似乎因为葛蕾特的话而茫然不知所措了；他直挺挺地坐着，手指抚弄着他那顶放在房客吃过饭还未撤下去的盆碟之间的制帽，还不时看看格里高尔一动不动的身影。

“我们一定要把他弄走，”妹妹又一次明确地对父亲说，因为母亲正咳得厉害，根本连一个字也听不见，“他会把你们拖垮的，我知道准会这样。咱们三个人都已经拼了命工作，再也受不了家里这样的折磨了。至少我是再也无法忍受了。”说到这里她痛哭起来，眼泪都落在母亲脸上，于是她又机械地替母亲把泪水擦干。

“我的孩子，”老人同情地说，心里显然非常明白，“不过我们该怎么办呢？”

格里高尔的妹妹只是耸耸肩膀，表示虽然她刚才很有自信心，可是哭过一场以后，又觉得无可奈何了。

“如果他能懂得我们的意思。”父亲半带疑问地说。还在哭泣的葛蕾特猛烈地挥了一下手，表示这是不可思议的。

“如果他能懂得我们的意思，”老人重复说，一面闭上眼睛，考虑女儿的反面意见，“我们倒也许可以和他谈妥。不过事实上——”

“他一定得走，”格里高尔的妹妹喊道，“这是唯一的办法，父亲。你们一定要抛开这个念头，认为这就是格里高尔。我们好久以来都这样相信，这就是我们一切不幸的根源。这怎么会是格里高尔呢？如果这是格里高尔，他早就会明白人是不能跟这样的动物一起生活的，他就会自动地走开。这样，我虽然没有了哥哥，可是我们就能生活下去，并且会尊敬地纪念着他。可现在呢，这个东西把我们害得好苦，赶走我们的房客，显然想独霸所有的房间，让我们都睡到沟壑里去。瞧呀，父亲，”她立刻又尖声叫起来，“他又来了！”在格里高尔所不能理解的惊慌失措中她竟抛弃了自己的母亲，事实上她还把母亲坐着的椅子往外推了推，仿佛是为了离格里高尔远些，她情愿牺牲母亲似的。接着她又跑到父亲背后，父亲被她的激动弄得不知如何是好，也站了起来张开手臂仿佛要保护她似的。

可是格里高尔根本没有想吓唬任何人，更不要说自己的妹妹了。他只不过是开始转身，好爬回自己的房间去，不过他的动作瞧着一定很可怕，因为在身体不灵活的情况下，他只有昂起头来一次又一次地支着地板，才能完成困难的向后转的动作。他的良好的意图似乎给看出来了。他们的惊慌只是暂时性的，现在他们都阴郁而默不作声地望着他。母亲躺在椅子里，两条腿僵僵地伸直着，并紧在一起，她的眼睛因为疲惫已经几乎全闭上了；父亲和妹妹彼此紧靠地坐着，妹妹的胳膊还围在父亲的脖子上。

也许我现在又有气力转过身去了吧，格里高尔想，又开始使劲起来。他不得不时时停下来喘口气。谁也没有催他，他们完全听任他自己活动。一等他掉转了身子，他马上就径直爬回去。房间和他之间的距离使他惊讶不已，他不明白自己身体这么衰弱，刚才是怎么不知不觉就爬过来的。他一心一意地拼命快爬，几乎没有注意家里人连一句话或是一下喊声都没有发出，以免妨碍他的前进。只是在爬到门口时他才扭过头来，也没有完全扭过来，因为他颈部的肌肉越来越僵了，可是也足以看到谁也没有动，只有妹妹站了起来。他最后的一瞥是落在母亲身上的，她已经完全睡着了。

还不等他完全进入房间，门就给仓促地推上，闩了起来，还上了锁。后面突如其来的响声使他大吃一惊，身子下面那些细小的腿都吓得发软了。这么急急忙忙的是他的妹妹。她早已站起身来等着，而且还轻快地往前跳了几步，格里高尔甚至都没有听见她走近的声音，她拧了拧钥匙，把门锁上以后就对父母亲喊道："总算锁上了！"

"现在又该怎么办呢？"格里高尔自言自语地说，向四周的黑暗扫了一眼。他很快就发现自己已经完全不能动弹了。这并没有使他吃惊，相反，他依靠这些又细又弱的腿爬了这么多路，这倒真是不可思议。其他也没有什么不舒服的地方了。的确，他整个身子都觉得酸疼，不过这酸疼也好像正在减轻，以后一定会完全不疼的。他背上的烂苹果和周围发炎的地方都蒙上了柔软的尘土，早就不太难受了。他怀着温柔和爱意想着自己的一家人。他消灭自己的决心比妹妹还强烈呢，只要这件事真能办得到。他陷在这样空虚而安谧（mì）的沉思中，一直到钟楼上打响了半夜三点。从窗外的世界透进来的第一道光线又一次地唤醒了他的知觉。接着他的头无力地颓（tuí）然垂下，他的鼻孔里也呼出了最后一丝摇曳（yè）不定的气息。

清晨，老妈子来了——一半因为力气大，一半因为性子急躁，她总把所有的门都弄得乒乒乓乓，也不管别人怎么经常求她声音轻些，别让整个屋子的人在她一来以后就睡不成觉——她照例向格里高尔的

房间张望一下，也没发现什么异常之处。她以为他故意一动不动地躺着装模作样；她对他作了种种不同的猜测。她手里正好有一把长柄扫帚，所以就从门口用它来撩拨格里高尔。这还不起作用，她恼火了，就更使劲地捅，但是只能把他从地板上推开去，却没有遇到任何抵抗，到了这时她才起了疑窦。很快她就明白了事情的真相，于是睁大眼睛，吹了一下口哨，她不多逗留，马上就去拉开萨姆沙夫妇卧室的门，用足气力向黑暗中嚷道："你们快去瞧，它死了；它躺在那踹腿儿了，一点气儿也没有了！"

萨姆沙先生和太太从双人床上坐起身，呆若木鸡，直到弄清楚老妈子的消息到底是什么意思，才慢慢地镇定下来。接着他们很快就爬下了床，一个人爬一边，萨姆沙先生拉过一条毯子往肩膀上一披，萨姆沙太太光穿着睡衣，他们就这么打扮着进入了格里高尔的房间。同时，起居室的房门也打开了，自从收了房客以后葛蕾特就睡在这里；她衣服穿得整整齐齐，仿佛根本没有上过床，她那苍白的脸色更是证明了这点。"死了吗？"萨姆沙太太说，并怀疑地望着老妈子，其实她满可以自己去看个明白的，但是这件事即使不看也是明摆着的。"当然是死了。"老妈子一面说，一面用扫帚柄把格里高尔的尸体远远地拨到一边去，以此证明自己的话没错。萨姆沙太太动了一动，仿佛要阻止她，可是又忍住了。"那么，"萨姆沙先生说，"让我们感谢上帝吧。"他在身上画了个十字，那三个女人也照样做了。葛蕾特的眼睛始终没离开那具尸体，她说："瞧他多瘦呀。他已经有很久什么也不吃了。东西放进去，出来还是原封不动。"的确，格里高尔的身体已经完全干瘪（biě）了，现在他的身体再也不由那些腿脚支撑着，所以可以不受妨碍地看得一清二楚了。

"葛蕾特，到我们房里来一下。"萨姆沙太太带着忧伤的笑容说

道，于是葛蕾特回过头来看看尸体，就跟着父母到他们的卧室里去了。老妈子关上门，把窗户大大地打开。虽然时间还很早，但新鲜的空气里也可以察觉一丝暖意。毕竟已经是 3 月底了。

三个房客走出他们的房间，看到早餐还没有摆出来觉得很惊讶；人家把他们忘了。“我们的早饭呢？”当中的那个房客恼怒地对老妈子说。可是她把手指放在嘴唇上，一言不发很快地作了个手势，叫他们上格里高尔的房间去看看。他们照着做了，双手插在不太体面的上衣的口袋里，围住格里高尔的尸体站着，这时房间里已经大亮了。

卧室的门打开了。萨姆沙先生穿着制服走出来，一只手搀着太太，另一只手搀着女儿。他们看上去有点像哭过似的，葛蕾特时时把她的脸偎在父亲的怀里。

“马上离开我的屋子！”萨姆沙先生说，一面指着门口，却没有放开两边的妇女。“您这是什么意思？”当中的房客说，往后退了一步，脸上挂着谄（chǎn）媚的笑容。另外那两个房客把手放在背后，不断地搓着，仿佛在愉快地期待着一场稳操胜券的恶狠狠的殴斗。“我的意思刚才已经说得很明白了。”萨姆沙先生答道，同时挽着两个妇女笔直地向房客走去。那个房客起先静静地坚守着自己的位置，低了头望着地板，好像他脑子里正在产生一种新的思想体系。“那么咱们就一定走。”他终于说道，同时抬起头来看看萨姆沙先生，仿佛他既然这么谦卑，对方也应对自己的决定作出新的考虑才是。但是萨姆沙先生仅仅睁大眼睛很快地点点头。这样一来，那个房客真的跨着大步走到门厅里去了，好几分钟以来，那两个朋友就一直在旁边听着，也不再摩拳擦掌，这时就赶紧跟着他走出去，仿佛害怕萨姆沙先生会赶在他们前面进入门厅，把他们和他们的领袖截断似的。在门厅里他们三人从衣钩上拿起帽子，从伞架上拿起手杖，默不作声地鞠了个躬，

就离开了这套房子。萨姆沙先生和两个女人因为不相信——但这种怀疑马上就被证明是多余的——便跟着他们走到楼梯口，靠在栏杆上瞧着这三个人慢慢地然而确实地走下长长的楼梯，每一层楼梯一拐弯他们就消失了，但是过了一会儿又出现了；他们越走越远，萨姆沙一家人对他们的兴趣也越来越小，当一个头上顶着一盘东西的得意扬扬的肉铺小伙计在楼梯上碰到他们又走过他们身旁以后，萨姆沙先生和两个女人立刻离开楼梯口，回到自己的家，仿佛卸掉了一个负担似的。

他们决定这一天完全用来休息和闲逛。他们干活干得这么辛苦，本来就应该有些调剂，再说他们现在也完全有这样的需要。于是他们在桌子旁边坐了下来，写三封请假信。萨姆沙先生写给银行的管理处，萨姆沙太太写给她的东家，葛蕾特写给她公司的老板。他们正写到一半，老妈子走进来说她要走了，因为早上的活儿都干完了。起先他们只是点点头，并没有抬起眼睛，可是她老在旁边转来转去，于是他们不耐烦地瞅起她来了。"怎么啦？"萨姆沙先生说。老妈子站在门口笑个不住，仿佛有什么好消息要告诉他们，但是人家不寻根究底地问，她就一个字也不说。她帽子上那根笔直竖着的小小的鸵鸟毛此刻居然轻浮地四面摇摆着。自从雇了她，萨姆沙先生看见这根羽毛就心烦。"那么，到底是怎么回事？"萨姆沙太太问了，只有她在老妈子的眼里还有几分威望。"哦，"老妈子说，简直乐不可支，都没法把话顺顺当当地说下去，"是这么回事，你们不必操心怎么弄走隔壁房间里的东西了。我已收拾好了。"萨姆沙太太和葛蕾特重新低下头去，仿佛是在专心地写信；萨姆沙先生看到她一心想一五一十地说个明白，就果断地举起一只手阻住了她。既然不让说，老妈子就想自己也忙得紧呢，她满肚子不高兴地嚷道："回头见，东家。"她急急地转身就走，临走又把一扇扇的门弄得乒乒乓乓直响。

“今天晚上就告诉她以后不用来了。”萨姆沙先生说，可是妻子和女儿都没有理他，因为那个老妈子似乎重新驱走了她们刚刚获得的安宁。她们站起身来，走到窗户前，站在那儿，紧紧地抱在一起。萨姆沙先生坐在椅子里转过身来瞧着她们，静静地把她们观察了好一会儿。接着他嚷道：“来吧，喂，让过去的都过去吧，你们也想想我好不好。”两个女人马上答应了，她们赶紧走到他跟前，安慰他，而且很快就写完了信。

于是他们三个一起离开公寓，已有好几个月没有这样的情形了，他们乘电车出城到郊外去。车厢里充满温暖的阳光，只有他们这几个乘客。他们舒服地靠在椅背上谈起了将来的光景，仔细一研究，前途也并不太坏，因为他们过去从未真正谈过彼此的工作，现在一看，工作都蛮不错，而且还很有发展前途。目前最能改变他们情况的当然是搬一个家，他们想找一所小一些、便宜一些、地址更合适也更易于收拾的公寓，要比格里高尔选的目前这所更加实用。正当他们这样聊着，萨姆沙先生和太太在逐渐注意到女儿的心情越来越快活以后，老两口几乎同时突然发现，虽然最近女儿经历了那么多的忧患，脸色苍白，但是她已经成长为一个身材丰满的美丽的少女了。他们变得沉默起来，而且不自然地交换了个互相会意的眼光，他们心里打定主意，该给她找个好女婿了。仿佛要证实他们新的梦想和美好的打算似的，在旅途终结时，他们的女儿第一个跳起来，舒展了几下她那充满青春活力的身体。

作者简介

卡夫卡（1883—1924）

奥地利作家。现代主义文学鼻祖、表现主义文学先驱。他的作品多用荒诞变形的象征手法，描写人的孤独以及人在不可思议的力量面前的渺小，影响了后世的多个文学流派。

绘者简介

安东尼奥·圣托斯

西班牙画家、雕塑家、作家。从事儿童插画工作，曾获西班牙文化部颁发的国家插画奖，被视为“一个无处不在又难以触碰到的艺术家”。

译者简介

李文俊（1930—2023）

翻译家。曾任中国社会科学院荣誉学部委员、中国翻译协会副会长，享受国务院政府特殊津贴。获“中美文学交流奖”“翻译文化终身成就奖”。译有美国作家福克纳的重要作品《喧哗与骚动》《押沙龙，押沙龙！》等。